空を見てますか…6

音楽の力、9条の力

The Power of Music,
The Power of Article 9

池辺晋一郎

新日本出版社

はじめに

池辺晋一郎

週刊の「うたごえ新聞」に「空を見てますか」と題してエッセイを連載しはじめたのは一九九三年秋。本書は、その連載の第四一〇回から第四五三回、すなわち二〇〇三年一月六・一三日合併号から同年一二月二二日号までの一年分を収録している。

僕自身の思いは、一二年が経過したからといって何も変わっていないが、話題の色彩がやや色褪せているであろうことは否めない。そこで、アップ・トゥ・デイトな僕を垣間見せることになった。これは、既刊の第五巻と同じやりかただ。二〇一五年一月二五日、調布市グリーンホールでの《調布九条の会「憲法ひろば」創立一〇周年記念　コーラスとトークのつどい》。憲法研究者・奥平康弘氏、教育研究者・堀尾輝久氏と僕がステージで「九条と私」という鼎談《ていだん》をおこない、そのあとこの日のために組まれた合唱団が拙作を中心に何曲かを歌った。本書Ⅰにはこの鼎談のうちの僕の発言などが収められている。何と、奥平さんはこの催しの翌日、帰らぬ人となられてしまった。ショックだった。忘れ得ぬできごとである。

一五年前に迎えた新しい世紀……人類は、戦いに明け暮れた二〇世紀を反省し、真の平和を築くだろう——僕たちはそう想っていた。ところが、地球上は依然黒雲に覆われている。二〇一五年初めに飛びこんできたのは、ＩＳ（イスラミック・ステート）の残忍極まりない殺戮《さつりく》行為の報。この本のⅡは、イラク戦争のきな臭い話題に席巻された日々に書いたものだが、世界では戦いの悪臭が今も撒き散らされている（イラク戦争は二〇〇三年三月に米英他による侵攻で開始され、二〇一一年一二月の米軍完全撤退までつづく。そこに関与した日本の姿勢が、集団的自衛権行使などを巡る現在の国内の争点へつながっている）。

そんな時代を変え、平和のために世界を牽引《けんいん》するのは私たちのこの国、という私たちの信念と希望が、今壊れそうになっている。残念なことに、この書つまり二〇〇三年の発言が、今も生きつづけているのだ。「音楽の力、９条の力」というタイトルでこの書を上梓するのは、そのような背景ゆえである。

連載中は、「うたごえ新聞」編集長・三輪純永さんに、そして今回の上梓に際してはこれまで同様、新日本出版社・角田真己氏に、たくさんお世話になった。この欄を借りて、僕からの深い感謝を記しておきたい。

（二〇一五年四月）

目次

Ⅰ　九条の力と音楽にできること

1 「平和のメンテナンス」

「イスラミック・ステート」（以下Ｉ・Ｓ）を名乗っているテロ集団が、日本人を人質にとって日本政府、ヨルダン政府を脅迫するという事件が起きました（二〇一五年一月）。しかも、たいへん悲しく残念なことに、人質とされたお二人、湯川遥菜さんと後藤健二さんをＩ・Ｓが殺害したらしいというニュースもあり、テロに対する強い怒りを感じています。それとともに、日本は今後どうすべきなのかということを考えさせられました。

この事件の際、Ｉ・Ｓは、日本のことを「十字軍（米欧）に参加した」と非難しました。日本がイスラムの敵であるかのように描くことで人質を取ったことを正当化しようとしたのでしょう。

どんな口実を使ったとしても、彼らのしたことは民間人の虐殺でしかなく、犯罪であって、絶対に許されるものではありません。そのことを前提に、もう少し別の視角から、この事件に関わって僕が連想させられたことを述べておきたいと思います。

ひとり日本のためだけではなく

それは、もし日本政府が集団的自衛権を行使するような段階になったら――多くのみなさんも連想すると思いますが――、テロとの関係でも深刻な事態を引き起こすだろうということです。Ｉ・Ｓは、日本を敵であるかのように描くことで人質事件というテロを正当化しようとしました。実際に日本がＩ・Ｓに対し軍事行動を行っているわけではないのに、そのようなことをしたわけです。これが、もし仮に日本が集団的自衛権を行使したとして、たとえばシリアなどを空爆しているアメリカ軍の後方支援をしたとしたら、どうなるでしょうか。テロ集団はそれこそ格好の口実を得て、さらに日本に対するテロをはたらくのではないでしょうか。Ｉ・Ｓの仕業とは別ですが、やはり二〇一五年一月にフランスの新聞社編集部などが、アルカイダ系の武装グループに襲撃され多くの命が失われるという事件がありました。あのような形で、日本の本土でテロが起きる恐れもありうると思います。

　アメリカなどは二〇〇〇年代、「テロとの戦い」を掲げアフガニスタンやイラクに軍事行動を行い、それらの国に混乱をもたらし、罪のない多くの民間人の命を奪いました。自爆テロを含め、テロの実行犯が後を絶たず出てくるのは、こうした軍事行動で家族などを奪われ、絶望、憎しみ、怒りを抱えた人々が多いからでもあります。テロ、つまり一般の人々を標的に無差別の暴力をはたらく行為はもちろん許されないし、厳しく取り締まられなければなりません。しかし同時に、アメリカをはじめとする「テロとの戦い」、軍事行動が、問題を解決しておらず、むしろ事態を悪化させていることを見なければならないでしょう。

　そういう現実を直視するなら、僕は、地域紛争は平和外交によってしか解決できないと思うし、武器を持たない、国の交戦権は認めないとした日本国憲法第九条は、その真理を深く理解している条文だと思います。軍事力を信奉する人は、それによって人の心をねじふせることができると考えています。しかしアフガニスタンでもイラクでも、混乱と殺戮《さつりく》のあげくにアメリカ軍は撤退せざるを得ませんでした。人々の心はアメリカになびくのではなく、むしろ反発も強まったし、現地の人々同士の間にも対立がもたらされました。

地域紛争の解決のためには、そこに生きる人々の心が解決のために同じ方向を向く必要があるのです。そのためには、人間の尊厳を大事にしながら、ねばり強く話し合う姿勢が必要です。

僕は何も、日本だけがテロや危険な目に遭いたくないから平和主義でいこうと言いたいわけではありません。今の世界をこの状況から救うにはそれしかないと思うのです。暴力の連鎖、憎しみの連鎖が続く世界で、もっとも力強い救援策、救援力が、日本の憲法九条にこそあると言いたいのです。

集団的自衛権の容認や二〇一三年に制定された特定秘密保護法などは、国家が軍事力を使って紛争に臨むための法整備です。同盟国が「攻撃」された場合に、その同盟国に加勢して自分も軍事行動をするという集団的自衛権は、歴代の自民党政権の下でさえ憲法違反とされてきたけれど、それを安倍内閣は一片の閣議決定で「行使できる」と決めてしまいました。

第二次世界大戦の敗戦国となった日本は、戦後を平和主義で歩んできたからこそ経済的にも文化的にも発展することができたと僕は思っていますが、今、ひとり日本だけのためでなく、世界の平和と人々の安全・幸福のためにこの平和主義を国際的に広げていくべき時に、当の日本政府がそれとは全く逆の方向に走っています。本当に憂うべきことだと思います。

日本人が大事にしてきたアイデア

朝日新聞の記者をされていた柴田鉄治さんが提供してくれた詞に曲を書いて、「地球の九条もしくは南極賛歌」という合唱曲をつくりましたが（後述）、それを東京・調布市の「九条の会」の人たちが演奏してくれたコンサートが二〇一五年一月二五日にありました。「九条の会」は憲法九条を守る立場で、その理念を広げ生かそうという人々の集まりです。その人々が、一年間の練習を重ねて、僕が指揮をして合唱コンサートを開いたのです（調布九条の会の一〇周年記念のイベント）。おかげさまでたくさんの人に聴いていただきました。

そのコンサートの際に、全国の九条の会の呼びかけ人である東京大学名誉教授（憲法学）の奥平康弘さん――たいへん残念なことに奥平さんはそのコンサートの翌日に急逝されましたが――と、やはり東京大学名誉教授（教育学）の堀尾輝久さんという、調布市在住のお二人と鼎談《ていだん》の機会をいただきました。

鼎談で奥平さんは、九条の平和主義について、「ただの戦略ではなくて、困難だけれどやらねばならない理念であり生き方なのだ」ということを強調しておられました（安倍首相のいう「積極的平和主義」が、九条の精神とはまったく異なる「みょうちきりんなもの」であるということも）。僕も、まさに先ほど書いたような意味で、その通りだと思います。

また、同じ席で堀尾さんは、「九条は日本を丸腰にするために占領軍によって押し付けられた」という議論があるけれど、憲法の成立過程を調べればそれは違うことがわかるのだ、と強調しておられました。憲法制定の前年にあたる一九四六年一月二四日に、占領軍トップのダグラス・マッカーサー元帥と、日本の首相だった幣原喜重郎が話し合っているそうです。その時、幣原首相が、今度の憲法には、戦争を放棄し軍隊を持たないというアイデアをぜひ入れたいと現に言ったとのことでした。マッカーサーは軍人だから、軍隊を持たないという行き方で本当に日本がやっていけるかどうか、ということを考えつつも、幣原の思いを、敗戦後の日本国民の思いでもあると評価し、世界がそういうアイデアを持たないと日本国憲法はだめになってしまうということを、当時の連合国の対日理事会やアメリカの上院などで発言・証言しているそうです。

その話を聞いて僕は、親しい脚本家のジェームス三木さんが、憲法公布五〇周年の時に書いた「憲法はまだか」というドラマ（NHKで放映。その後角川書店から小説としても刊行されています）のことを思い出しました。ジェームスさんは、朝のドラマ「澪つくし」や、大河ドラマ「峠の群像」「独眼竜政宗」などで何度もお仕事をご一緒した間柄ですが、憲法について非常に強い発言をされていることでも知られています。「マスコミ九条の会」の呼びかけ人もされています。

この『憲法はまだか』を読むと、マッカーサーや幣原喜重郎らのやりとりが、まるでそこで見ていたかのように描かれていて、「何でこんなこと知っているの？」というようなことまで書いてあります。もちろん、ジェームスさんがそこにいたわけではありません。綿密な調査と史料とに基づいて書いていることによって、結果として現場を垣間見るようなリアリティを持って迫ってくるのです。不思議だけれど、これが一流の書き手の素晴らしいところです。多くの人に、機会があればぜひ読んでほしい作品です。

話を戻すと、僕も、自分なりに憲法やその歴史について勉強してきたつもりですが、その結論は、堀尾さんが説かれたことと一致しています。当時の日本人は、日本国憲法の平和主義を歓迎していたし、戦後の日本人は平和主義を大事にしてきたからです。アメリカは憲法ができて数年したら日本に自衛隊をつくらせましたが、憲法に書かれた平和主義を守ってきたのは私たち日本人です。

そのおかげで、日本は、戦争によって一人の外国人を殺すことも、また一人の自国民を殺されることもなく生きてきました。これは素晴らしいことだし、そのことに好感を持っている国や人々は——たとえばアラブ諸国など——少なくないのです。だいたい、「外国に押し付けられた」などと言い出したら、私たちが使っている漢字だって、もともとは中国から来たものです。文化や思想は国境を越えて伝播《でんぱ》してその国のものになっていくのであって、それは押しつけた・押しつけられたというような筋の問題ではないでしょう。

日本国憲法の持っている理念は、人類の理想だと思います。人類が本来理想とすべきことを、どの国よりも早く条文化したのです。日本政府はその理念を世界に向かって掲げなくてはいけないと思います。

憲法前文が示す一途な気持ち

ぼくは憲法前文の中の次の一節が、とても好きです。

「われらは、平和を維持し、専制と隷従、圧迫と偏狭を地上から永遠に除去しようと努めてゐる国際社会において、名誉ある地位を占めたいと思ふ」。

これは素晴らしい文章だと思うんですね。「永遠に除去するぞ」とか「除去すると決意した」とかいうのではなく、そういう努力をしている国際社会において「名誉ある地位を占めたいと思う」という言い方が、いかにも謙虚だし、真摯《しんし》だと思うんです。一途さというか、一直線の気持ちが込められています。

これが、日本が持っている――人間にたとえていえば――初心です。この初心を忘れてはいけないと思うのです。今の日本政府はこの初心を忘れています。しかも、忘れるにあたって、「戦後こんなに長い時間がたったから、そろそろやめてもいいんじゃないか」というような発想しか、そこにはないのです。安倍首相はさかんに「戦後レジームからの脱却」と言いますが、憲法が示してきた——奥平さんの言葉を借りれば——「理念であり生き方」に代わるものは、そこにはまったく見当たりません。

一九八〇年代、ドイツがまだ東西に分かれていた頃、西ドイツのヘルムート・シュミット首相は、「戦後長い時間が経った。しかしドイツが再び過ちを犯さないという確約をするにはまだ短い」と言ったことがあります。「過ち」というのはもちろんナチスの犯罪のことを指していますが、これは国家は過ちを犯すという問題についての深い洞察に満ちた、素晴らしい発言だと思います。やはり西ドイツの元首相ヴィリー・ブラントは、一九七〇年にワルシャワを訪問し、ユダヤ人の強制収容所だったゲットーの前にひざまずいて、ナチスの罪に対し謝罪を示しました。

僕は、日本の指導者、政治家にも、それぐらいのことを言ってほしい、してほしいと思うのです。ところが「もうこんなに経ったんだから憲法を変えてもいい」などと、薄っぺらなことしか言えない人が多い。そういう人物を、自分たちの政治の頂点にいただきたくないというのが、ぼくの正直な気持ちです。

アメリカの映画監督でジャン・ユンカーマンという人がいて、戦後六〇年の年に「日本国憲法」という映画を撮っています。憲法とは誰のためのものか、どのように制定されたのか、平和主義にはどんな意義があるのかなどといったことを、さまざまな人にインタビューした作品で、僕もその映像を持っていますけれども、このユンカーマンが、日本の憲法改変の動きについて発言したことがあります。彼は、改憲の動きのことをさして、「日本は今ハンマーを持とうとしている」と言いました。そして「アメリカの諺《ことわざ》で《ハンマーを持つ人は、すべてがクギに見える》というものがある。ハンマーを持った以上は周りが全部武器を持っているように見えてしまう」と指摘したのです。

現下の状況――テロリストが蛮行をはたらき、他方、それに対し大国が「テロとの戦争」を掲げて軍事行動に走る状況の中、日本が「ハンマー」を持って、周囲に敵を仮想して行動していくとしたら、それこそ終わりのない暴力と憎しみの連鎖の中に日本と日本人を置いてしまうことになるのではないでしょうか。日本政府が今、非常に危険なところに日本人を追いやろうとしているということに、私たちは気づかなければいけないとつくづく思います。

音楽は役に立つのか

僕はそういう危険な方向――集団的自衛権行使や改憲など――に日本が向かわないようにしたいと思っています。それでときどき考えるのですが、たとえば、自民党に憲法を変えさせないようにするには、国民によるたたかいが必要ですけれども、そのたたかいに、音楽はどれくらい役立つでしょうか。自分たち音楽家に何の力があるのだろう、と考えるのです。

考えるといっても、すぐわかるように、社会を変えようとか、憲法を変えるなと歌ったからといって、じゃあその通りになるかといえばそんなことはないのです。そういう意味で音楽には何の力もないのです。

けれども、これもある意味で不思議なことですが、人間が力を合わせて何か社会的な運動に取り組む時に、みんなで一緒に歌ったり、一緒に音楽をやることは力になるのです。よく歌っている仲間に言うのです――「扉よ、開けゴマ！」と歌ってもドアが開くわけではない。だけどそのドアに重いかんぬきがかかっているとして、そのかんぬきをみんなで「えいやっ！」と持ち上げようとするとき、歌うことは絶対に力になると。

別の言い方をすれば、みんなで一緒に肩を組もう、腕を組もう、手をつなぎ合おう、同じことを一緒に叫ぼうという時に、歌や音楽は力になる。歌ったから客観的な状況が変わるわけではないけれど、それを変えようという時に必要なこと――みんなの心を一つにすることのために音楽は絶対に役に立つと、長年この仕事をやってきて感じています。

それにかかわってもう一つ書いておきたいことがあります。先ほど紹介した調布九条の会コンサートでの鼎談で、堀尾さんから、社会的な運動の中で音楽が奏でられるということについて、「音楽それ自体が持っているメッセージが伝わる」という面と、九条があるから、つまり平和な中だからこそ私たちは自由に歌えるという面もあるのではないでしょうか、という意味の問いかけをいただきました。ご自身も歌われる――その日のコンサートでも合唱に参加してくださいました――堀尾さんらしい言葉で、おっしゃるとおりだと思います。

加えて言えば、僕は、音楽の持つ「メッセージ」ということについては、合唱曲とか歌曲とか、歌詞のある曲、テキストのある楽曲だけがメッセージ性を持っているとは考えていないのです。交響曲や室内楽などで言葉のない楽曲を書くときも、つくり手の思いとして、テキストのある場合と同じ性格のものがあります。

それはもちろん、たとえば「この音が平和を表していて、あの音は武器を表している」などと描写しているとかいうことではありません（当たり前ですが）。そういうことではなく、しかし楽曲に音楽的な方法で思いを込めることはしばしばあるのです。それはおそらくどんな音楽でも同じだと思います。僕は若い頃からずっと、自分の音楽において、「社会と個」、インディビジュアルとしての個と、社会との関係を、音楽の中で再現できないかということをずっと考えてきました。歌詞のない曲であっても、平和や環境問題、人権の問題などをテーマに育ててきた作品があります。

もう一つ、九条があるから芸術にとりくむことができるというのは、僕も同じようなことを考えますが、同時に、九条が我々を守ってくれるというだけでなく、平和も九条も、毎日安穏としていて守られるというものではなくて、維持するための努力――メンテナンス――が必要だと思います。今が平和だとしてもずっとそうあり続けるわけではないからです。私たちの知らないところでかもしれないけれど、平和を壊そうとする動きというのは常にあるからです。先ほど紹介した調布九条の会のコンサートでは、平和や環境などの問題にふれた曲をみんなで歌ったわけですが、たとえばそれも、一種の平和のメンテナンスであると僕は考えています。

「戦火のシンフォニー」が示すもの

日本で、人々に「平和とは？」という質問をすると、たとえば「おいしいものが食べられること」とか「大好きな人と一緒にいられること」というような答えが返ってくるそうです。僕は今問題になっているアラブ諸国、中東地域で一九八〇～九〇年代にかけて仕事をする機会がありました。エジプト、レバノンなどに何度も行っています。レバノンでは内戦が終わって、またイスラエルとの戦いも小康状態だった時期がありました。街を歩くと子どもたちが遊んでいました。でも民間機にせよイスラエルの戦闘機にせよ、何か飛行機が飛んでくると子どもたちは身を潜めるのです。

僕はその子たちに、「平和って何だと思う？」と聞いたのですが、すると「イスラエルの飛行機が飛んでこないこと」という答えが返ってきました。非常に具体的です。つまり平和が脅かされている状況が、それだけ具体的にあったということです。戦闘状態ではないけれども、イスラエル空軍の戦闘機が毎日夕方に飛来して人々を脅す状況でした。戦闘機が来ると街中の家々の窓ガラスはビリビリ震え、子どもたちは怖がるのです。だから、あの時のレバノンの子どもたちにとって、平和とはイスラエルの戦闘機が来ないことだったのです。

「平和とは?」と聞かれて、「大好きな人といられること」「おいしいものが食べられること」と答えるのとはあまりにも大きな差がここにあります。僕もレバノンの子たちの言葉に愕然《がくぜん》としたわけですが、しかしそういう現実が、世界にはあるわけです。僕たちはそれを考えないといけないし、そういう現実に対し、憲法九条を持つ国の人間として何ができるのかを考えなくてはならないでしょう。先ほど紹介した憲法前文と合わせて読めばわかるように、九条は日本のためだけにあるのではなくて、地球から戦争という悲劇をなくすためにあると僕は思っています。そういう大きな視界を持って、平和のメンテナンスということを考えていきたいと思います。

そして、そのメンテナンスに、音楽はどのような力を発揮するのかという問題があります。一つには先ほど述べたように、平和のために力を合わせようとする人々の心を一つにする作用があるわけですが、もう一つ、次のようなこともあるのかもしれません。

レニングラードという街がかつてありました。今はサンクトペテルブルクと呼ばれています。第二次世界大戦中、ナチスによって、約九〇〇日間、封鎖されるという経験をした街です。補給線を絶たれたため、食べ物が不足し、餓死する人、栄養失調になる人がたくさん出ました。そういう状況の中でレニングラードのオーケストラ「ラジオ・シンフォニー」という楽団が演奏会を企画しました。オーケストラのメンバーももう半分くらい死んでしまっていた状況でしたが、残った人たちだけでコンサートを開きました。すると、そのコンサートは満席になったのです。

そんな状況で、音楽にいったい何の力があるんだろうかと、音楽をやってる僕でさえ感じます。けれど、その時のレニングラードの人々には音楽が必要とされていたということですね。ナチスに封鎖され戦火が絶えないレニングラード、砲弾が雨あられと飛び交うその街にいた作曲家のショスタコーヴィチは、この時、交響曲第七番という名作を書きあげ、ラジオ・シンフォニーはそれを演奏したのです。

人間とは不思議なものだなと思います。そういう死が目の前にある状況でも、「音楽なんていらないよ」とはいわない——いや、むしろ音楽を必要とするのですから。

この時のコンサートを聴いた人の証言が残っていて、音楽を聴いている間はお腹が空いていることも、怖さも、つらさもすべて忘れられるんだという意味のことを言っているそうです。もしそうだとしたら、音楽にも何かの力があることになりますね。

この出来事は、ひのまどかさんという方が書いた『戦火のシンフォニー』（新潮社）という本に詳しく描かれています。いろいろ教えられることが多い本です。

そういえば、二〇一五年一月一七日に二〇周年を迎えた阪神・淡路大震災の時も、それに通じる逸話が残っています。震災直後、多くの被災者が避難所にいた時、瓦礫《がれき》の中からフルートを見つけた人が、それを吹き始めたら、次々に人々が周りに集まってきたというのです。

ぼくは一九九五年のあの震災の後、鎮魂組曲を書きました。その曲は神戸の合唱団によってすでに一七〇回演奏され、中越地震（二〇〇四年）の後に新潟にも行き、東日本大震災（二〇一一年）の時には東北に行きました。生死がかかった過酷な時でも、歌うこと、演奏をすることで、人間は救われると思える場合があるということを、僕はその体験から実感しました。

平和はつねにメンテナンスを必要としているわけですが、その一部として、苦しみを抱えた人々、過酷な事態に置かれた人々が救われる必要があるともいえるでしょう。戦火のレニングラードや、最近日本で起きたさまざまな災害の中で音楽が果たした役割は、そういうものかもしれません。

先ほど記した「われらは、平和を維持し……」という憲法前文の一節、ここにある「平和を維持し」という言葉は非常に深い意味を含んでいると思うんですね。繰り返しになりますが、それは何もせずに平和を享受するということではなくて、維持するための努力をするということだと思います。

といっても、私たち一人ひとりの力は知れています。何か努力するといっても意味があるのか、という気持ちになることもあるでしょう。ただ、そこで思い出されるのは、長崎県の高校生たちが核廃絶を求める一万人署名活動をやる中で生み出された、「私たちは微力だけど無力ではない」という言葉です。そう、その通りです。一人ひとりの人間は微力だけど、本当に微力だけど、無力ではないと思いたい。そんな思いで僕も取り組んでいます。

2 「地球の九条もしくは南極賛歌」をどう歌うか
——合唱練習会（二〇一四年一二月）から

これから「地球の九条もしくは南極賛歌」の練習をします。この曲、変わったタイトルだなと思うかもしれませんね。少しいきさつを言っておきましょうか。

柴田鉄治さんから詞をいただいたのは二〇〇六年くらいです。考えてみたらずいぶん前ですね。柴田さんのことは当時存じ上げていませんでした。「こういう詞を書きましたので、チャンスがあったら作曲してください。催促はしません」というお手紙とともに、何人かの方が仲介してくださってその詞をいただきました。

それをいただいていつか作曲しようと思っていたのですが、なかなか時間がなかったのです。どうしても締切があるものが先なものですから、それに追われていると、催促のないものはなかなか書けないのです。

でも、とにかく手元に詞があるわけです。ふだんは僕はしがない作曲家ですけれども、この場合はシガアル作曲家（笑）。だから何とかしたいなと思っていました。すると、二、三年くらい前に、日本のうたごえ協議会から曲を頼まれて、何を書いたかは忘れちゃったのですが、曲を一つ書きました。そうしたら、うたごえ協議会が間違えて、僕に作曲料を多く振り込んでしまったのです（笑）。ぼくは返そうと思ったんですが、それには書類を書いたりいろんな手続きが必要でした。それで、「じゃあもう一曲書きましょうか」という話になったんです（笑）。

下世話な話で恐縮ですが、これで初めて締切のようなものができまして、それでこの曲を書きました。いただいた柴田さんからは、タイトル案として、「地球の九条」か、もしくは「南極賛歌」としたい旨いただいていました。どちらにしようかと思ったんだけど、どちらもいいタイトルで、でもどちらもそれだけではちょっと言い足りなかったりする案でした。

どうしたらいいかと考えて、「もしくは」も入れてどちらも並べたらいいんじゃないかというのはぼくのアイデアです。「地球の九条もしくは南極賛歌」という長いタイトルにしちゃったのは僕です（笑）。柴田さんは本当の意味で「もしくは」と書いていらしたのですけれど、僕は「もしくは」もタイトルに入れちゃった。

大事なのは、この歌はやはりソング——ギターなどで伴奏して気軽に歌えるソングの形がいいだろうと思って、そういうものにしたかったということなのですが、それをそのまま合唱曲としたのでは、ちょっと物足りないんです。で、二つのバージョンをつくりました。ソングとして歌う場合は、二番や三番も、一番と同じメロディで歌います。合唱としてはちょっとアレンジして、三番は雰囲気を変えて歌い、また四番から元の雰囲気に戻るという形をとっています。

もしお一人、あるいは友達と気楽に歌う時には、一番から五番までを、同じ形で歌ってもいっこうに差し支えありません。こういうふうに、タイトルも曲も「もしくは」な曲になりました（笑）。

前置きが長くなりました。まずは歌って聴かせてください（演奏する）。

ありがとうございました。一つずつ行きましょう（この曲の楽譜と歌詞は巻末にあります）。

＊

まず一番の出だしです。「南極は地球の九条だ」。ここは声を「ぶつける」ようなつもりで歌ってください。最初に出る女声も、後から追って出る男声もです。音楽の世界ではマルカートと呼ばれますが、「ターン・タ・タ・タ」と一音一音はっきりと歌う。「なぁーんきょくはぁー」と流すような歌い方ではないんです。目をらんらんと輝かせて歌うところです（笑）。

それと「ちーきゅうの」の「ちー」はアクセントが自然につくけれど、その分、続く「きゅうの」は流れやすいからしっかり歌ってください。次の「きゅうじょうだ」は「タン・タン・タン」で「だ」も四分音符です。「タン・タン・タン・タ」とならないように。

この最初の三小節を張り詰めて歌う形になります。そして次ではその張り詰めた雰囲気、マルカートを外してください。「国境もない　軍事基地もない……」という部分です。歌詞の内容としてもここは「説明」ですから、少し緊張を外すのです。一曲全部を張り詰めて歌うと聴かせたいところが見つからなくなるでしょう？　強弱をつけるというのは演奏にとって本当に大切なことなんです。ですからこの二小節は、ちょっとラクにして、言葉は悪いけどちょっと「抜く」感じでいきましょう。

続く二小節、「人類の理想を実現」、ここは「じんるいの！」と女声が伸ばしている間に、男声が「じんるい」と上がりながら、だんだん固くしていって、「りそうをじつげん」は固くていいです。「じつげん」の「げん」は八分音符であることに注意してください。そこはちょっとシュプレヒコールというか叫びにも近いような感じで強く歌う。そして次の二小節「平和の地」は、「へいわーのーちー」と、またちょっと落とします。なぜなのかというと「平和の地」というのは叫びたくないでしょう？　ちょっとなだらかに歌った方が、平和の実感が出ると思います。

ここまでが一番ですね。一〇小節ほどの短い間ですが、このように何種類かの表現の幅、動きがほしいんです。ただ歌うだけでなくそういう変化があると、とても引きつける音楽になるんです。

＊

二番の出だしは「南極は素敵な自然の楽園だ」です。「楽園だ」という言葉で少し気楽にやりたいかもしれませんが、この場合はやはり最も言いたいことなんだという気持ちで歌ってください。「らくえんだ」の「だ」は四分音符ですから「だっ」と切らないように注意してください。

続く「ペンギンがいる　アザラシがいる」は一番のその部分と同じで、ちょっとラクに歌ってみてください。そして続く「いきものが」でまた高まるようにクレシェンドして、次の「きょうぞんきょうえい」、ここは「きょう」が二回出てきて流れるような歌い方になってしまいがちだということもありますので、その意味でも、わりと固く歌ってください。「共栄」の「えい」はこの二文字分で八分音符です、四分音符にならないよう気をつけて。

それに続く二番の最後「豊かな地」は、一番とは違って落とさなくていいです。「豊かな地」は「楽園だ」に対応しますし、強く歌ってもらっていいと思います。

ちょっとバスだけ歌ってください。「ペンギンがいる、アザラシがいる」の「がいる」をはっきり切って歌ってください。そして「ゆーたかなちー」は、「ゆー」の時に次に落とす音程を思い描きながら歌い、「ち」で急に落ちるような感じにしないことが大事です。

＊

三番は、テンポが少し遅くなりますし、出だし部分「南極は宇宙に開く地球の窓だ」が四小節で、一番や二番は同じ箇所が三小節でしたから一小節長くなっています。そんなわけで、ここは息が苦しいかもしれません。息継ぎするなというと、僕が殺人罪に問われそうですからそうはいいません（笑）。ですが、譜面通りにできるだけ伸ばしつつ、次の音を意識して歌ってください。「ちーきゅうのー」よりも大事なのは、四小節目の「まどだー」です。そこにもっていくつもりで歌ってください。

その次の「オーロラがある　隕石《いんせき》がある」というところは、「オーロラ」は平仮名でなくカタカナだと思って歌ってください。どうやったらそうなるのかわかりませんが（笑）、カタカナだと思いながら歌うんです。この部分が「オーロラ」でなく「おおぞら」に聞こえてしまう場合がありますから。でもカタカナ止まりにしていただいて、ローマ字になるほど固くはならないように（笑）。あと、「オーラ」と聞こえる場合もあるようですから「ロ」も大事に歌ってください。

続く「謎をとーきー」の「なぞを」は、なだらかでなくパンパンと歌ってください。「オーロラ」の「オー」、「いんせき」の「い」、「みらい」の「み」は付点四分音符ですから、その長さをはっきりと意識してください。「いんせきがある」という部分のクレシェンドも大切にしてください。

三番の歌のあとにテンポが戻って四番に入ります。四番は、「南極は地球環境のモニターだ」から始まります。これも一番を思い出してください。とくに「ちきゅうかんきょうの」は、固く歌わないと何を歌っているかわからないおそれがあります。

続く「氷を掘る　オゾンを測る」は、「こおりをほる」でちょっと落とします。「オゾンを」は落としたままでいいんですが、「オゾン」もカタカナですからそれを意識して少し固めに歌ってください。

次の「力あわせ環境守る」はクレシェンドと書いてありますね。本当に力を合わせるつもりで歌いましょう。すると自然と力がこもる歌い方になると思います。「環境守る」の「……きょうまもる」はきちんと八分音符で歌い、次の小節の最初に四分休符がありますから、そこでちょっと落として「モデルのちー」と行ってください。この四番は一番と同じダイナミクス、強弱をつけて歌うと考えてもらっていいでしょう。

＊

五番の出だし「南極は地球の憲法九条だ」の「ちきゅうの」は一六分音符ですので、口を回してはっきり歌ってください。五番は二番と同じつくりになっていますから、強弱のつけ方も二番と同じでいいです。

出だしに続く「戦争なくし人類仲良く」は、男声の「なくし」「なかよく」を、なめらかに流すのでなく音を一つひとつ丁寧に歌ってください。ここははっきりというか「攻める感じ」「前に出る感じ」で歌いましょう。

*

固く歌うところ、柔らかく歌うところ、前に出るところ、そうでないところなどを、一つひとつ思い出しながら、考えながら歌ってください。それでかなり違ってきます。

いくつか間違いやすい部分を指摘しましたけれど、四分音符のところと八分音符の違いを意識してください。同じ歌詞でも、パートによって音の長さをあえて違えている箇所がありります。合唱の効果を出すためです。音の長さは、そういうことも含め、必要性があってそう書いてあります。

八分音符でタタタと歌ったあとに休符が来ると緊張感が生まれたりします。楽譜を見る時、音符ばかりを見て休符を見ないということもあるのです。楽譜も年金と同じでキュウフが大事なんです（笑）。くだらないことを言ってしまいましたが、ただ「休符が大事だ」と言っても覚えない方もいるのです（笑）。それを「年金と同じだ」と思えば、頭に入るみたいですね。

以前、京都で合唱の練習しててね、ある曲のピアニシモができないことがありました。あんまりできないので、「京都パープルサンガくらい弱く」と言っちゃった（笑）。サッカーの京都パープルサンガが弱かった頃のことです。そうしたらバスのおじさんが、「何てこと言うんですか！」と怒ったんだけど、「いいからやろう」とやってみたらちゃんとできたんです（笑）。

「弱く」っていうのが強烈に印象づけられたんでしょう。冗談に聞こえるかもしれないけど、実はその中に真実があるんです（笑）。

弱く歌うとか、細かいところに気をつけるというのは、一見神経質に見えますけれど、歌全体がどう聞こえるかにとって大切なことなんです。その神経質さも個々人の中にしまい込んで考えながら歌うというよりは、歌の全体をよく把握して、みんなでそれを身体にしみこませた上で、あとは楽に歌うということが大切です。

Ⅱ　希望という道をつくるために

オペラへの道

山形に着いたのは昼過ぎだった。一二月半ば前だが、さすがに山形は雪。寒い。その中を県民会館へ急ぐ。オペラのオーディションが、すぐ始まるのだ。

午後一時から、約四〇人の歌を聴く。終了は夜七時過ぎの予定だ。「国民文化祭・やまがた２００３」（つまり今秋）で上演するオペラの、出演者を決めるのである。僕は、その作曲を依頼されている。脚本・演出の宇井孝司さん、山形交響楽団指揮者の工藤俊幸さん、地元から山形声楽研究会会長の松澤俊子さんと僕の四人で審査をする。

地方でのオペラ作りが盛んだ。僕も、これまで駒ヶ根（長野県）、広島、新潟でオペラ作りに携わってきた（注・いわゆるオペラ以外すなわち歌舞伎も能も文楽も、京劇もミュージカルも「オペラ」だ、というのが僕の持論なので、岡山での「合唱オペラ」、金沢での「オラトリオ」なども数に入れなくてはいけないが、ここは敢えて一般論に従い、いわゆる「オペラ」に話を絞る)。

どの仕事も、実に楽しかった。一つの共通の目的のために、たくさんの人たちが情熱の限りを傾ける。オペラは、決して高邁《こうまい》で難解なものではない。誰でもが、親しく楽しむことができるエンタテインメントだ、というのが僕の信条。しかし、その土地の民話や伝説に安易に寄りかかった、普遍性を欠くものであってはいけない。僕はいつも、そのことに細心の注意を払ってきたつもりだ。

今回の「山形オペラ」は、同県鶴岡市出身の作家、故・藤沢周平作品が素材である。もちろんこれは、依頼者である県と僕との合意だが、実は、はじめに提示された有名な長編小説を、僕は蹴ったのである(蹴ったという乱暴な言葉は使いたくないが、そのほうが分かりやすいでしょ?)。心理的葛藤《かっとう》が多い。恋は成就しない(しかもプラトニックな片思い)。

これはオペラとしては難しい。また長編は「ダイジェスト」になりやすい。それより、短編を膨らませる方が、いいものになるだろう。何冊もの藤沢周平短編集を読破。一つを選び、僕から逆提示した。

「小鶴《こつる》」という作品。県の実行委員会は、これをOKしてくれた。では、と僕が知る有能な新鋭脚本家を推薦。それが、前述の宇井さんだ。音楽が大好きでかつ詳しい宇井さんは、原作にない人物を登場させるなど、「膨らませた」台本をただちに仕上げてくれた。

そうなれば当然、ソク僕の作曲、というつながりになるはずだが、何曲もの仕事を抱えて思うに任せない。迫るオーディション。苦肉の策。主な役五つについて、部分的な楽譜を書いてしまった。これは、前回の新潟オペラの時と同じ方法である。脚本の初めから順に、という作曲ではないから、後日そうする際には、すでに書いた「部分」へつないでいかなければならない。厄介《やっかい》だが、これしか方法がない。ところが、実際に書いてない箇所も、実は頭の中で鳴っている。その頭の中の音から、実際の音符へつなぐ。五線紙に向かうことだけが作曲という営為ではない、ということを実感するプロセスなのである。これも、なかなか楽しい。

約四〇人が歌う、僕が作曲して間もない歌と、それぞれの得意の歌を聴いたあと、キャスティングを決める会議。これがまた大変。しかし僕はまさしく、今年秋の上演への道を歩み出したのである。さぁ、書くぞ！

（「うたごえ新聞」二〇〇三年一月六・一三日号。以下同様に二〇〇三年の同紙から）

正月に宗教を思う

クリスマスを祝い、数日後に除夜の鐘を聞き、その足で神社に初詣で。暮れから正月にかけての、不思議な風景。

不思議さじゃない、いいかげんなのさ、という人もいるだろう。だが、考えてみてほしい。宗教は、本来、個人的な心情が出発点なのではないか。友人の考古学者は、親や子どもなど身内が死んで悲しいと思ったとき、宗教が生まれた、と言う。つまり、墓というものを作りたくなったときだ。そのとき、「神」が必要になったと換言してもいいだろう。そのとき神は、どんな形をしていたか。

よく言われることだが、牛は自分たちの神を牛の形で想い、魚は神を魚の形で想う。人は、神を人の形で想った。ということは、個人はそれぞれの神を、その個人の形で想った、ということになるな……。

と、人はまずそれぞれ、勝手に想ったのではないだろうか。言っておくが、世の中には「宗教学」というものがあり、「宗教学者」もいる。で、僕は、まるきり疎《うと》い素人だ。だが、専門外ゆえの自由さを持っている。この、無知と自由という武器を用いてしゃべっているのです。では、つづけます。

人は勝手に想った。すると、それぞれの神はそれぞれの好きなように設定されているので、コトあるごとにお伺いをたてても、それぞれに都合のいい答えしか返さないから、何とも権威のない存在だ。これじゃ困る。頼りない。神には、もっと権威と一貫性をもって、毅然《きぜん》としていてもらわなきゃ。

そこで神には、ある程度多数からのコンセンサスを持っていただこう、ということになった。そのまとめ役、説明役になったのが、釈迦であり、イエス・キリストであり、マホメットであったと言ってもいいのではないだろうか。

その結果、人々は、共通の神をもつようになった。まとめ役は、権威と一貫性と論理を、神に持たせた。いわば初代まとめ役は、こうした業績ゆえに崇《あが》められるようになったのではないだろうか。

やがて次々に、後世のまとめ役が登場する。彼らは、初代がしたことにさらに細かい論理を追加した。その結果、論理は複雑化し、いろいろ規定や罰則まで生まれた。当然、意見の違いも出てきて、さまざまな分派ができる。本来、個人的な想いだった宗教は、広範囲に人間をまとめ、あるいは逆に種類を峻《しゅん》別《べつ》する手立てにもなったのである。

現下の世界を覆う争いの数々は、根が深い。民族闘争や核兵器をめぐる争いとして扱われているものも、実は宗教上の争いであることが多いのではないだろうか。

パレスチナとイスラエル、インドとパキスタン、スリランカやインドネシア、チベット、火種地域といわれるカフカスの辺り、アメリカとイラク……。世界は二一世紀三年めの今も、不安に包まれている。

宗教を、もっとおおらかに、できることなら個人的想いに、収斂《しゅうれん》させることは、もはやできないのだろうか。隣人が宗教上違う想いを抱いていて当たり前、ということになれば、争いは意味を失うにちがいない。

クリスマスと除夜の鐘と初詣でを、何の違和感も持たず平気で取り込んでしまうこの国の性質は、個人的ではないにしろ、おおらかさでは世界に稀《まれ》なものだろう。ひょっとするとこの「おおらかさ」は、人類の未来への大きな示唆になることかもしれない。と、僕は正月に思っていたのだった。

（一月二〇日号）

なつかしい歌

「大きな古時計」という歌がはやっている。平井堅という歌手が、ＮＨＫテレビの「みんなのうた」という番組で歌ったのが発端らしい。僕も、まずはこの番組で聴いた。最初に聴いた時、ヘエと思ったのを覚えている。

だって、この歌、子どものころからよく知っているもの。いまさらあらためて聴く、というのも何か妙な感じ……。

だが、「みんなのうた」がとりあげるにしては、最近珍しくメロディックな歌でけっこう、けっこう。リズム主体、さらには音楽よりアニメーション主体の、チャカチャカしたうるさい歌ばかりになっていたからね。この番組から、かつてはいい曲がたくさん生まれたものだ。寺島尚彦さん作曲の「さとうきび畑」、宇野誠一郎さんの「絵馬」、福田和禾子さんの「北風小僧の寒太郎」、船村徹さんの「流氷」、小椋佳さんの「さらば青春」……。不肖僕の曲も、数曲歌われた（「風の子守歌」、「空と海の子守歌」、未来少年コナン主題歌「心がこんなに」ほか）。

これらの歌を聴いて育った世代もあるだろう。なつかしさがこみ上げてくる、という人もいるにちがいない。

僕にもほかになつかしい歌はたくさんある。

一、小学五年だったか六年だったか、夏休みに何日間か、学校の枠を越えた合宿に参加したことがあった。県内（茨城県）各地域の小学生が集まった。その時そこで教わった歌、いくつか。「サーラスポンダ、サーラスポンダ、サーラスポンダ、レッセッセ」とか「クイカイマニマニ、マニマニダスキ、クイカイコー、クイカイカム」とか……。

これらは、どうもボーイスカウト・ソングらしいのだが、僕はそういう活動をしていたわけではなかった。あれが何の集まりだったのか、場所がどこだったか、全く記憶がない。覚えているのは、歌だけ。だけど、これらの歌詞、どういう意味？　分かる人がいたら、教えて下さい。

一、幼い僕の枕元で、父はよく歌ったものだ。シューベルトの「菩提樹」やフォスターの「オールド・ブラック・ジョー」「ケンタッキーのわが家」など。ぼそぼそと小声で、しかし原語で。うまくはなかったが、父の歌を聞いたのは、とにかくあとにも先にも、あのころだけだなぁ……。父のフォスターのせいか、僕はアメリカの古い歌が好きになった。「コロラドの月」「遥かなるヴァージニア」。そして、「大きな古時計」など……。

アメリカは歴史の浅い国なのに、歌がなつかしさを呼び覚ましたり、おじいさんのセピア色の写真やセルロイドの小さなおもちゃが似合うのは何故だろう、と思ったのはずっとのちのことだ。古すぎると「なつかしさ」は、むしろ感じないのかもしれない。ピラミッドや万里の長城を見て、なつかしいとはふつう言わないものね。手の届く「古さ」が、なつかしさを喚起するのだろうか。

一、高校時代の臨海合宿で先輩たちから伝授されたのは、旧制高校時代のバンカラ・ソングの数々だ。不思議なほどよく覚えているのが、我ながらおかしい。

なつかしさは歌詞ゆえ、ということもあるだろうが、僕の場合はメロディゆえみたい。

「大きな古時計」のメロディは、いい。初めて聞くから、別段なつかしくはない、という人もいるだろうが、いいメロディの歌がはやるということに、僕は安堵感を味わっている。

（一月二七日号）

僕の、大きな古時計

前項で「大きな古時計」という歌について書いたが、今度は歌ではなく、古時計そのものの話。僕の思い出だ。

僕は、小学校を終えるまで、茨城県水戸市で過ごした。母方の祖父母の家が、わが家から少し離れた所にあり、自宅よりもっぱらそこで、幼い僕は遊んでいた。どのくらい離れていたかというと、しばしば僕は「グリコ」なるキャラメルを一個、口にほうり込んで、そのキャッチフレーズの「一粒三〇〇メートル！」を、ひと声叫んで走っていったから、まぁ、そのくらいの距離だったんだろう。

祖父母の家は、戦前はいわゆる地方の素封家だったらしい。僕が生まれたころの家は、市内の鷹匠町（城下町らしい地名でしょ？）にあって、かなり大きな屋敷だったと聞いた。が、僕にその記憶はない。その家は戦災で焼けてしまい、祖父母が戦後移り住み、僕が日々走っていったのは、市内の馬口労町《ばくろうちょう》（これも城下町らしいでしょ？）という所だった（ついでながら、歴史を伝えるこれらの地名は消えてしまった。馬口労町は、今、別段由来もない末広町である）。

祖父は、事業欲の強い人だったらしい。次々に手を出しては失敗し、家計はどんどん苦しくなっていったという。戦後の混迷の中、祖母は馬口労町で仕方なく菓子屋を始める。駄菓子や和菓子を売る店だ。もちろん、商売なんてド素人。後日聞いたところでは、相当ルーズな商いだったようだ。

その店の裏から、庭の中の飛び石づたいに十数メートル歩くと、祖父母の家の玄関だった。あの家、一〇室はあったな。まだかなり大きな家だったわけだ。その玄関を上がるとすぐが応接間。母のピアノが置いてあった（少しのちに、「三〇〇メートル」離れたわが家へ運ばれるのであるが）。香港製アップライトのこのピアノの脚は、今の楽器と違って角張っており、ある日幼い僕は転んでその脚に頭をぶつけ、おびただしい出血で家人をあわてさせる。この時の傷は今も残っているが、若いころは髪の生え際だったのに、いつのまにか額の真ん中だ。ハハハ……。

ピアノの横に立っているのが、大きな時計。五歳の僕より、ずっと背が高い。ガラス窓の中で大きな振り子が揺れ、視線を上げると、これまた大きな文字盤。さらにその上にあるのが、月の絵。この絵、ゆっくり回っている。その夜の盈虚《えいきよ》（月の満ち欠け）が表示されるのである。毎時鳴るのは、ロンドンのビッグベンの音だということだった。僕は、この大時計が好きだった。毎日、飽きずに長い時間、眺めていたものだ。

この時計が、いつの間にか祖父母の家から消えているのに気づいたのはいつごろだっただろう。わが家がもう東京に越し、夏や冬の休みに、この水戸の祖父母宅へ遊びに行くようになってからだったかもしれない。

祖父が売ってしまったらしい。「銀座の日本堂という大きな時計屋に置いてあるよ」と聞き、行ってみたのは高校生くらいだったか……。二階への階段の踊り場に置いてあったと思う。ウン、たしかにあの時計だ……。銀座の店で、なつかしい「大きな古時計」に、僕は再会したのだった。

その日本堂も、今はない。数年前からそこにあるのは、「田崎真珠」の大きな店だ。
あの大時計は、今、どこにいるのだろうか。
「今は、もう、動かない……」――そうだろうな……。

（二月三日号）

未来へのカプセル

（承前）馬口労町の祖父母の家の庭には、築山があり、生子壁《なまこかべ》の蔵が建っていた。庭は、子どもなら三角ベースのソフトボールで遊べる程度には広く、学校帰りのクラスメイトが何人かは、いつも遊んでいったものだ。

祖父母は、孫とその友だちに極めて寛大で、店から駄菓子などをやたら持ち出してきてはふるまった。あんなことをしていたから、商売は駄目だったのだな。

祖父母の家のすぐ裏には、家ぐるみ仲良しの橘家があった。末の女の子が、僕と同級だったが、二人のお兄さんとも、よく遊んだ。長兄は「ヒロミチさん」（のち朝日新聞に勤めた弘道氏）で、次兄は「チッちゃん」（小さいお兄さんの意。のち、ペンネーム立花隆となった隆志氏）だった。これは前に書いたが（「忘れられぬこと」、『空を見てますか…1』所収）、馬口労町の家の電話を一緒に分解して原状復帰できなくなり、祖父に叱られたのは、チッちゃんと僕だ。電話のある家なんてまだ少なく、僕はしょっちゅう近所の家に「呼び出し」（何のことか分かる？　説明はまたいずれ）を伝えに走った、そんな時代だった。電話はまさに貴重品だったのである。

あれは小学校何年のときだったろう。タイムカプセルを埋めよう、と四、五人の友と企てたのは……。カプセルには、それぞれ大切な物や、「今」を示す物を入れる。仲間だけが、埋設場所を描いた地図を持つ。そして、二〇年後か三〇年後か忘れたが、とにかく「未来」にまた集い、掘り出して、カプセルを開けよう。カプセルと言ったって、駄菓子用のブリキの四角い缶か何かだったろうが……。

今、思い返すと、世界初の人工衛星打ち上げは、当時のソ連による一九五七年一〇月の「スプートニク一号」だ。これは、僕が東京へ越し中学一年になった年だが、その二、三年前から、宇宙とか未来などについての関心が高まっていた記憶がある。カプセルという言葉は、薬品用語としてではなく、この関心の中で広まったのではなかったろうか。だから、僕たちの「カプセル」も、一九五五年とか六年とか、その辺りだったろう。ひょっとすると、僕が東京へ越すというので、いわばお別れ儀式として思いついたのかも知れないな。だが、すべて、忘却の彼方だ。

やがて、前述のように小学校卒業と同時に僕は水戸を離れた（橘家も一緒に）。数年後の年末に祖父は車にはねられて即死。残された祖母は店もやめ、この馬口労町の家を売り、市のはずれに入手した小さな家に移ってしまう。あ、あのカプセル……と気がついた時は遅かった。未来を夢見た子どもたちのカプセルは、永久に掘り起こされずに地中で朽ち果てたか、あるいは新築か何かの工事で掘られ、捨てられたか、という結果になったのである。

馬口労町の家の庭には井戸もあった。夢中で遊ぶ合間に、僕たちは交代でポンプを押し、冷たくおいしい水で喉を潤したし、吐き出された水を受ける三和土《たたき》が畳一枚分くらいの広さだったから、水を溜めてはそこに入り、バシャバシャと遊びほうけたりも、したものだ。学校でも、そして帰ってからも、遊びの素材にはことかかなかった。デ・キリコの、一輪車で遊ぶ子の長い影を描いた絵（大好きな絵だ）が、あのころの自分に重なるのである。

あの井戸も、もうないだろう。出口を失った地下水は、もしかしたら子どもたちのカプセルを地中で包み、錆《さ》びさせ、腐食させたかもしれない。

（二月一〇日号）

色あせた日付

こりゃ、母が使っていたアイロン台だな……。台の裏に日付が書いてある。筆だな、これは。墨は木にしみこみ、色もあせて薄くなっているが、昭和一七年三月吉日、とある。購入した日なんだ、きっと……。久しぶりに来た亡き父母の家で、僕は小さな感慨にふけっていた。

そういえば、ミシンにも書いてあったっけ。子ども時代を思い出せば、節句に飾る武者人形の箱にも、床の間にかける掛け軸のケースにも、筆で書いた日付があった。年末の大掃除でひっくりかえした畳の裏に、色あせた日付を見つけた思い出は、僕だけのものではないだろう。

考えてみれば、かなり面倒臭い作業だ。筆箱と硯《すずり》を取り出し、水を用意し、墨をすり、筆をしめらせる。スピーディにちゃちゃっと書く、というわけにもいかない。じっくり、ゆっくり、だ。筆先が震えちゃうもの。

でも、「じっくり」は、何年も経ってからその日付を見て「購入したころ」に想いを馳せるとき、役に立つのだ。

あのとき、墨をすりながら、誰とどんな話をしていたかを思い出す。書いていたとき、かたわらの縁側にあたっていた午後の日差しまで思い出す。ちょうどあのころにあった社会的大事件や、人気スターの顔、はやっていた歌まで、思い出す。

それが、今はどうだ。墨なんて、すらない。マジックインキのキャップさえ開けりゃいい。マジックがどこにあるかなんて分かっている。取り出すのにいちいち意識なんてしない。書くのも、ほとんど瞬間の行為。ワンタッチ。面倒なし。簡単。なのに、購入日なんて、書かない。ひょっとすると、買ったことさえ忘れちゃう。——そんな物、ウチにあった？　えっ？　いつ、誰が買ってきたの？　どこにしまってあったの？　知らなかったなあ。

実は、内心忸怩《じくじ》たる思いで書いているのですよ。たとえば、僕の専門分野に関わる、スコア。スコアとはオーケストラの総譜のことで、自分で初めてこれを買ったのは中学生のころか。ものはベートーヴェンの交響曲第五番（通称「運命」）だったかあるいはシューベルトの「未完成交響曲」だったか……。分かるんです、そういうこと。いろいろな曲に詳しくなろうと心掛けていたあのころ、貯めた小遣いでスコアを買うと、いちいち記入していた。いつ、どこの店で、いくらで買ったか、そして何冊めのスコアか。つたない字の書き込みがあるから、分かるんです。あれは、いつまでつづいただろう。

ある時から、そういうことをしなくなった。昨今では、持っていることを忘れ、買ってみたら家に同じものがあった、ということまである。それも何度もある。さすがにこれは、有名とは言えない曲、すなわち滅多にページを開かない、たとえばブルックナーの「交響曲第○番」（初期の作品）とかラフマニノフの「交響曲第二番」などだが……。

まさか、なくしたらまた買えばいい、と思っているわけじゃないつもりなんだが……。しかし今は、いつでも簡単に入手できることも事実。ものを大切に扱う心を失いかけている。「現代」に、毒されているんだな……。

ものを買ったら、購入年月日を、墨じゃなくてもいいから、書いておこう。できればスピーディでなく、じっくり、ゆっくり、書こう。どうだろう……。忸怩を顧みず、提案させてもらっても、いい？

（二月一七日号）

沖縄からイラクへ

アメリカのパウエル国務長官が、国連の安全保障理事会で、イラクの情報公開をおこない、米英の対イラク攻撃の現実性がさらに高まってきた。むきになっているアメリカの、そしてそれに追随する日本政府の姿勢に、おそろしい危機を感ぜずにはおれない。

そんな状況のなか、僕は沖縄で、戦争反対行動の力強い担い手二人に、会った（二月六、七日）。

一人は、作家・池澤夏樹。彼は、昨年（二〇〇二年）一一月、カメラマンとともにイラクに入り、普通の人々の普通の生活をつぶさに見て、この優しい人々を死に追いやってはいけない、と思う。カメラマン本橋成一さんと一緒に『イラクの小さな橋を渡って』という本を出した（光文社）。この本の文章の最後は、こうだ。――戦争というのは結局、この子供たちの歌声を空襲警報のサイレンが押し殺すことだ。恥ずかしそうな笑みを恐怖の表情に変えることだ。それを正当化する理屈をぼくは知らない。

今回、沖縄行きの目的は二つだった。一つは、那覇に近い佐敷町シュガーホールでの、栗山文昭指揮女声合唱団・彩のコンサートを聴くこと。昨年の僕の作品「この世界のぜんぶ」（音楽之友社新刊）がプログラムに含まれている。これは、池澤夏樹に送ってもらった新刊詩集から選んで作曲したもの。夏樹は沖縄在住だから、東京での初演は聴けなかった。だから今回久しぶりで、客席に並んで聴きたい。彼とは、三〇年来の親友。さまざまな場面で僕と共働をしてきた。「恩愛の輪」「銅山」「3つの不思議な仕事」「明治は遠いたけくらべ」「ぞっとする物語」「今はない木々の歌」……。一緒に聴いた二人の共作は数多いのに、このところずっとなかったもの。

そしてもう一つの目的も、夏樹と会うこと。今、某ホールから頼まれている舞台音楽作品のことを細かく相談する。ところが、滞在中に、さらに新たな用事ができたのである。コンサートの客席で、夏樹が僕にささやいた。「喜納昌吉がイラクへ行ってコンサートをやるんだ。明日の夜はその壮行会なんだ。そのあと、新しい曲の相談をしよう」。

それ、知ってる。少し前に、音楽評論家・湯川れい子さんからＦＡＸをもらったのだ。アメリカの攻撃に反対してバグダッドで公演する喜納さんを応援する呼びかけ人になってほしい、という内容。むろんすぐに僕は賛同の意志を伝えた。それなのだ、壮行会は。何という偶然。「行く！　僕も行くよ」

湯川さんに電話。とても喜んでくれた。夏樹とともに、那覇市内での壮行会に出席。喜納昌吉＆チャンプルーズ「ピースコンサートＩＮイラク」。二月一五日だ。この日は、アメリカ、イギリスを含む世界各国で、同時反戦アクションがおこなわれる日である。

この勇気ある行動に、僕は集まった人々とともに精一杯の拍手を送り、力をこめて喜納さんと握手をした。「じっとしていては平和は保てない。動かなければ」と喜納さんは言う。その通りだ。平和は、安穏としていることではない。努力して手にいれるべきものだ。少なくとも、現代においては。喜納さんはこうも言った。――地球が疲れている。科学、哲学、宗教、芸術などは本来地球を元気にするものだった。本来の役目を果たさなければ――。会の最後に、三線《さんしん》を手に、彼が心をこめて歌い上げたのは、もちろん、あの名歌「花」であった。

以上、この二月沖縄で会った、「行動＝沖縄からイラクへ」の二人の話である。

（二月二四日号）

（最近の喜納さんは、少し変わってきている。どんな事情か分からないが、原点へ戻ってほしい、と僕は思っている——二〇一五年三月）

宇宙への道　その1

一六日間の宇宙飛行を終え、まさに帰還する直前に空中分解したスペースシャトル「コロンビア号」。

その日（二月一日）は、テレビ放送開始五〇年の記念日ということで、NHKテレビは朝からずっと長時間の特集番組をやっていた。深夜近く、それがまもなく終わろうかという時、画面に流れた臨時ニュースのテロップに驚いた人は少なくないだろう。しかしその時点では、コロンビア号との交信が途絶えた、ということだけだった。まさかあんな大事故になるとは……。

次々に明らかになる事実。テレビには、白い軌跡を描きながらバラバラになって落ちて行くシャトルの映像が映し出される。音速の約一八倍だか二〇倍だかの猛烈な速度だ。大気圏に突入した機体の表面温度は、摩擦で約一五〇〇度に達するという。乗組員七人が、生きている可能性は皆無。そうなのだとしたら、測りしれぬ恐怖にさいなまれる前の、むしろ早いうちに息絶えていることを、七人のために僕は祈った。そして僕の脳裡《のうり》には、一七年前のスペースシャトル「チャレンジャー号」の、発射直後の空中分解の映像がダブってきたのである。もちろん、多くの人が同じ思いを抱いたことだろう。

あれも、寒い季節だった。僕はちょうど、ニューヨークのJ・F・ケネディ空港に着いて、入国審査を受けよう、という時だった。アメリカのパスポート・コントロールでは、いつも一応、渡航目的や滞在期間などについて簡単な質問を受ける。厳しいというわけでもないが、でも黙ってニッコリというヨーロッパの某国などに比べれば、特有の緊張は感じる。ところが、あの時、係員は何だか、うわの空だった。あさってのほうに視線をやりながら、こちらのパスポートなど読みもせず、たまたまパッと開いたページにだけ一瞥《いちべつ》をくれて、ポンと入国のスタンプを押し、OK！　と目で合図。一緒に行った琵琶奏者の半田淳子さんが言うには、楽器の大きなケースは目立つし、いつでもどこでも開けさせられ、質問攻めにあう由。だが、あの時はフリーパスだった。空港の係員は皆、どこかに設置されているテレビに気をとられているらしかった。変だな。何かあったな……。何だろう。

もちろん、まもなく氷解。ホテルに入ると、テレビはどのチャンネルも、同じ映像を繰り返し流していた。こりゃ、大変な時に来ちまったぞ。後日、友人たちは僕に、なぜ号外を買ってこなかったんだ、なんて言ったものだが、あの時あの騒然たる雰囲気の中で、そんなことは思いつきもしなかったのである。

（三月三日号）

宇宙への道　その2

（承前）アメリカでの号外といえば、ずっとのち、現職ジョージ・ブッシュ（ジュニア）とゴアの大統領選挙開票の時、早とちりで出た号外を、ニューヨークの街角で買ったっけ。大混乱で、最終結果までそれからかなりの日数がかかったんだ……（このトチリ号外、高値がついたと聞いたが、僕にはそういうものを売って儲ける発想はないので、今も持っています）。

「コロンビア号」空中分解の話に戻ろう。

長く苦しい訓練の末に、遠い宇宙へ向かう。選ばれた人にしかできないことだ。

人類初の宇宙飛行士ユーリ・ガガーリンの「地球は青かった」というひと言は、世界に夢を届け（一九六一年四月、当時のソ連。その一カ月後には米のシェパードが飛んだ）、チェホフの戯曲のヒロインの言葉「ヤー、チャイカ（私はかもめ）」は、女性宇宙飛行士テレシコワの言葉となった。初めて月に降り立った人間ニール・アームストロングの名が、永久に残ることはまちがいない。毛利衛さんは日本人の心に勇気と感動を与えてくれたし、宇宙での向井千秋さんの「地球の一員だと感じます」という言葉は印象的だった。宇宙飛行士は、まさに現代の英雄に見える。

しかし誰だって、そう、僕だって、いつの日か宇宙へ行けたら、と願う。はるか遠くからこの地球を眺めてみたい、とそりゃあ思う。

昔からだ、それは。「竹取物語（かぐや姫）」だって、その願望と無関係ではないもの。今回の事故は、願望の実現への道の陰にある、不可避の犠牲なのだろうか（空を飛ぶ、海に潜る、などの開発の陰に、かつて多くの犠牲があったように）。だとしたら、宇宙の英雄たちは、他方でモルモットではないか。

今回の事故の追悼式で、大統領ブッシュは「宇宙開発はつづけなければならない」と言った。「人類のために」とも言った。しかしいったい今の世界は、人類共通の夢を一緒に追える状況だろうか。

　宇宙へのさまざまが実現した暁に、月はアメリカが獲得。火星はロシア、〇〇星はパレスチナ、〇〇星はイスラエルなどと、所有権を争う事態になったりしないだろうか。宇宙規模の、新しい帝国主義、侵略戦争にならないと誰が約束できる？　だって地球上は、依然争いに満ちているのだもの。

　今回の事故は、「まだ早い。人間が自由に宇宙へ来るのは地球が真に恒久平和を手にしてからだぞ」と宇宙が人類をたしなめたようにも、僕には思えるのである。

まず、地球の平和。宇宙はそれから。今回の七人の犠牲者が真の英雄になるのは、この順序を実現させた時だ。ブッシュも同じ思いを持ってくれたら、と切実に思う今である。

（三月一〇日号）

タマちゃんはヌイグルミ？

昨今の「タマちゃん」騒動。

川べりに大勢が押しかける。アゴヒゲアザラシのタマちゃんが水面に顔をだそうものなら、子どもも大人も「タマちゃ〜ん、タマちゃん！」と大騒ぎ。そりゃ、かわいいと僕だって思うよ。何しろ僕には「北極を吹きぬける風に、アゴヒゲアザラシのひげも揺れる」というタイトルのピアノ小品もある（カワイ出版「こどもたちへ・どうぶつ編2」所載）。子ども時代には、「岩波写真文庫」の動物に関するシリーズは全部持っていて、繰り返し読み、眺めていた。動物は、大好き。でも……。

タマちゃんが突然現れたのは、たしか昨年（二〇〇二年）夏。多摩川だった。その後横浜の鶴見川へ移り、そして今は同じく横浜の帷子川《かたびら》にいるらしい。「もはや区民のような存在」と判断したのは、横浜市西区。二月一二日、保育園児たちが、「代理人」として区役所に転入届けを提出。住民登録手続きをした。名前は「ニシタマオ」。男性。生年月日不詳。住所は「横浜市西区平沼町帷子川護岸」。西区では、ニシタマオ氏を「まちのセールス大使」として扱い、街の美化のキャンペーンのマスコットになっていただく所存とのことだ。

ちょっと馬鹿げてはいませんか？

区役所へ行った保育園児の中に、ウチにいる子猫もジュウミントーロクというのをしなくちゃいけないんじゃないの？　と思った子がいたかもしれない。何故タマちゃんだけトーロクするの、という問いに、大人はどう答える？　アザラシは本当は海、しかも北の海にいるはずなのだということを、子どもたちに教えることのほうが、大切なんじゃないかなぁ。

アフリカの草原でかわいい動物を眺め、さて出立のとき動物たちに別れの手を振った人を、ある動物写真家がたしなめた。「そういうことをすると動物たちが訝《いぶか》しんで警戒する。手なんか振らないように。それがサヨナラの意味と思うのは人間だけです」。

その通りだよ。仲間とはぐれ、川に迷いこんでしまったアザラシを、どうしたら自然に帰してやれるか、を皆で考えるべきだ。それこそが、真の動物愛護じゃないのか。

動物園だって同じだ、という声が聞こえてきた。が、それは違う。動物園は、動物を闇雲にかわいがるための施設ではない。生態を研究し、動物の生きざまを見せて、見る人の知識を育むためのものだ。タマちゃんの顛末《てんまつ》は、むしろ現代の人間の傲慢《ごうまん》さを示している。目の前の、うわべの現象にばかり気をとられて本質を見失い、あろうことかそれを子どもに伝えるなんて……。

住民登録を拒否された外国人が抗議したらしい。タマちゃんを自然に帰す資金に、と寄付をした人がいたらしい。正常な人もいたのだ、と安堵すこし。

タマちゃんは、ヌイグルミじゃないのだ。

（三月一七日号）

つれづれなるままに

恒例のカニ・ツアーに出かける。一九八四年の「悪魔の飽食」を皮切りに、以後、阪神大震災鎮魂組曲「１９９５年1月17日」など六曲をそのために作曲してきた僕の大切な仲間、神戸市役所センター合唱団との年に一度のリラクゼイション。仲間たちとの、現地での合流に向かう僕は今、列車内。

先頭車両だ。山肌に沿って列車が大きくカーヴする時、車窓に顔を押しつけて後方を見てみた。すると、最後部車両（たしか六両編成）が、くびれてついて来ているのが見える（当たり前だ）。面白い気分だ。芋虫が振り返って自分の尻を眺めたらこんな気分かな。

芋虫が蝶になる瞬間を夢見るように、僕はこの列車が終着の城崎駅のプラットホームに滑り込んで行くさまを想う。もっとも芋虫は、いずれ自分が蝶に変身することを知っているのだろうか。芋虫時代に、花から花へ飛び交う蝶を見て、あれが己が将来の姿だ、などと思うのだろうか……。サナギを経て変身が成ったとき、芋虫時代の人格、じゃない虫格は、変わらず持続されているのだろうか……。

例年は新大阪から乗り込むのだが、今年は京都からの特急「はしだて」にしてみた。途中、福知山で新大阪からの特急「北近畿」に乗り換え。この双方の特急の座席指定が全く同じ番号だったが、呼称が変わるのは都合上で、同じ座席に座ったままでいいのかと思っていたら、違った。同じなのは単に偶然。危ない、危ない。若狭方面へ行ってしまうところだったぞ。

しかし僕はこうして、日本という島を「横断」しているんだな。でもこの辺りは、たとえば静岡――長野――富山などという横断距離に比べれば半分だ。そうか、兵庫から山口までは、本州という大きな島から京都・大阪辺りを根っこに延びる、いわば長い半島とも言えるじゃないか……。

夕暮れの雨にけぶる山々、うねって何度も線路と交わる川、山ふところに抱かれた小さな集落、単線の線路と平行する道路を走る農業用らしき小型トラック……。すべてがしかし、静寂の中だ。列車のガタンゴトンという音以外、何の音も聞こえてこない。時間がとまりそうだ。以前、エジプトはナイル川上流のアスワンで小舟に乗った時、船頭が口ずさむ歌の小声以外、無音。あまりの静けさと強烈なアフリカの午後の日差しに、時間が停止してしまった、とまさに感じたことがあった。あれを僕は今、思い出している。

と、こんな戯《ざ》れ文を、僕は列車内で書きとめた。今、世情は、つれづれなるままになどという状況じゃないのだが、だからこそ、こんな時間も貴重だ。終着の城崎を想い、志賀直哉の短編小説「城の崎にて」を連想し、何げない感慨をきっかけにあれだけの死生観を書いてしまうんだからすごいなぁ、などと考え、あれにあやかろう、と不相応なことを試みたくなったのかもしれないな、僕は。

（三月二四日号）

世論は強いぞ！

国連安保理の決議なしで、三月二〇日、ついにアメリカはイラク攻撃に踏み切った。戦争反対の声は、踏みにじられてしまったのである。世界中に、こんなに大きなうねりが湧き起こっているのに。だが日本でも、イラクの生物兵器を含む大量破壊兵器の脅威を払拭するには、宣戦布告しかなかった、と新聞紙上で堂々と発言する人がいる（名前失念。東大教授だった）。

おかしい。

だが、さらにおかしいことがある。

アメリカのイラク攻撃に反対すると、すなわちそれはイラク擁護と受け止めてしまう人がいることだ。アメリカの正義か、イラクの正義か、基準はその二種類しかないのか。

しかし今、世界の多くの人の考えはこの二つの基準のどちらでもない、と僕は思う（僕が今、昨年作曲した合唱組曲「正義の基準」を思い出しているのは当然だ。森村誠一さんの詩は、アメリカの9・11テロを機に正義とは何かを鋭く問うものだった）。

アメリカ、いや、ブッシュは正しくない。

イラク、いや、フセインも正しくない。

そう考えている、と僕は思う。


仮に、イラクが大量破壊兵器を隠し持っているとする。だが、その廃棄を求める側が、自分の所有は是認している。これじゃ、世界は納得しませんよ。テロ国家、悪の枢軸が持っているからいかんのだ、自分たちは違うからいいのだ、という論理はおかしい。なぜなら、戦争もテロリズムではないか。テロ国家をこらしめるという口実での戦争で、自らもテロを実践することになる。そんな論理は、子どもの喧嘩だって通用しない。

核拡散防止条約（NPT）に意味があったのは、東西冷戦の時代まではないか。二一世紀の核（に限らぬ大量破壊兵器の）問題は、「拡散」ではなく、国の大小や強弱と無縁に、地球上から核や大量破壊兵器というものを完全に「消去」することでなければいけない。

核廃絶、あるいは核消去、さらには核不保持条約。

これが新しい時代の法則。いつまでも、前世紀の論理を振りかざしていてはならない。

その先頭に立つ国こそ、アメリカであるべきだ。アメリカがそういう態度で、たとえばイラクへも、またイスラエルにも対等に接するなら、世界の世論はそれを支持するだろう。

世論が必要だ。戦争は始まってしまったが、今からでも遅くはない。「戦争をやめろ！」というスローガンを掲げなければならない。


一九五六年のスエズ戦争（第二次中東戦争とも言われる）。エジプトのナセル大統領がスエズ運河の国有化を宣言し、怒ったイギリス、フランス、イスラエルが攻めこんだ。猛然たる国際世論がわき起こり、結局三国が撤退を余儀なくされたのは、この時である。

「世論」は、強いのだ。署名も、デモも、歌うことも、等しく力になる。人類に、いや地球に未来を確保するための、大きな世論が、今、何より必要だ。


（四月七日号）

自然への反抗

アメリカとイギリスによるイラク攻撃が始まって、一週間が過ぎた。空爆につづき、地上戦に入ったが、首都バグダッドを中心にイラク精鋭部隊の反撃もすさまじいから、この戦いが簡単に終結するとは、とうてい思えない（しかし事態は刻々と変化している。今こうして原稿を書いている時点と、紙面が公開される時との間には約一〇日の差がある。どうなるだろう……）。

三月二六日には、バグダッドの市場が空爆され、大勢の民間人が亡くなり、また怪我をした。精密誘導弾による攻撃だったらしいのに、誤爆だったとアメリカは言っている。「ミサイル基地や兵器庫の一〇〇メートル以内に、民家がある。イラクは、軍事施設を意図的に民家に近づけて配置しているから、民間にある程度の犠牲が出るのはやむを得ない」というのがアメリカの主張。

そんなこと、開戦前から自明だったのではないか。民間の犠牲を極力出さない、というスローガンで始めておいて、今になってそんなコメントを開陳するのは勝手すぎる（のちに誤爆を否定し、イラクの破壊工作だと見方を変更したが、むろん真相は不明だ）。

テレビでは、米英が制圧した南部の都市で、救援物資を配っている様子が報道されている。

何て奇妙な戦争だろう……。破壊し、傷つけ、殺しておいて、一方ただちに救援行動に出る。人間の能力の限界を見ている気持ちになった。人間とは、何と矛盾に満ちた動物なのか。

以前にもしばしば感じ、書いてきたことなのだが、今回も僕は思っている。これは自然淘汰《とうた》なのだろうか、と……。

暴れるだけ暴れたら、釈迦の掌《てのひら》の上を右往左往していたにすぎなかった、というのは孫悟空だが、人間という生きものも、おおいなる存在（釈迦に限らず）の掌中でゴタゴタやっているだけなのかもしれない。そのおおいなる存在の意図こそ「自然淘汰」なのでは？

遡上した鮭の産むイクラ（イラクではないよ）が、人の口にも熊の口にも入らず、すべて孵化したら、大変なことになる。昨年夏、広島の三次で、川面を覆うカゲロウのものすごい群れに遭遇した。あれが全部成長したら、地球はカゲロウの天下になるだろう。

人間も、そうなのかもしれない。有史以来、災害もさることながら、戦いに明け暮れてきた人間。それがつまるところ「自然淘汰」のひとつの具現なのだとしたら……。

誤解しないでほしい。だから仕方ない、という話ではない。逆なのだ。鮭やカゲロウと人間は違う。人間は、知能に優れた生物なのだ。だとしたら、おおいなる存在に反抗を試みてもいいじゃないか。イラク戦争をストップさせること――そう主張し、行動することは、自然淘汰への、すなわち自然への反抗にほかならない。イラクのふつうの人々の、また子どもたちの涙を、一刻も早くぬぐいたい。

反抗しよう！

人間なのだから。

（四月一四日号）

スパイ・ゾルゲの時代　その1

篠田正浩監督の映画「スパイ・ゾルゲ」の音楽を担当した。これまで何本も一緒に仕事をしてきた篠田監督だが、これが最後の作品と本人は言う。今後は大学での研究活動に入る、と宣言したのである。

この映画の構想について監督から話を聞いたのは、もう随分前だ。ゾルゲについて生半可な知識のみだった僕は、以来文献を読んだりして、一応の準備をつづけてきた。

リヒャルト・ゾルゲは、当時のロシア帝国、現アゼルバイジャンのバクーで、ドイツ人の父とロシア人の母の間に生まれた。三歳で一家はベルリンに移住。長じて第一次大戦で戦い、負傷する。ドイツ兵としてである。その後、国際共産社会を夢見てコミュニストになるが、ドイツの新聞記者として上海に、ついで東京に滞在。駐日ドイツ大使館に入り込んで、ソ連に極秘情報を送るべくスパイ活動をした。第二次大戦前夜、ソ連に侵攻しつつあったヒットラーのドイツ軍を壊滅させたスターリンは、ゾルゲからの情報を頼りにしたのだ。

朝日新聞記者、南満州鉄道嘱託、近衛文麿内閣嘱託などを務めた尾崎秀実《ほつみ》という男はゾルゲの協力者。二人は、同じ日（一九四四年一一月七日）に、巣鴨で死刑になる。

事実は小説より奇なり、の典型のようなすごい話。「００７」の先駆みたいだ。しかし、映画でこれを描くのは、昭和史をまるごと扱うほどの大変さになるだろう。

果たして篠田監督は、シナリオを一七回も書き換え、製作資金作りに苦しみ抜いた。だが、昨年（二〇〇二年）二月、ようやくクランク・イン。長いポスト・プロダクション（音楽、コンピュータ・グラフィックス、現像など撮影終了後の諸部門）期間を経て、三月、三時間二分の大作がついに完成したのである。

「自分が生まれたのは満州事変勃発の年。以後太平洋戦争、終戦などが人生の節目に重なった。監督第一作はベトナム戦争、最後の作はイラク戦争だ……」。篠田監督の平和への希求の裏側には、重く深い個人史が潜んでいる。

レノンの「イマジン」が流れるのは映画のラスト・シーン。ただし、歌はない。オリジナルのカラオケだ。実は権利関係でそうなったのだが、僕は監督に言った。「歌がないほうがいいじゃないですか。想像してごらん、国家なんてないんだ、というレノンの願いと、一方現下の世界情勢。この伴奏を聴く人の耳に、あのメロディが聴こえてくる……。あの歌を取り戻さなければ、と感じるでしょう」。

「思うに希望とは、もともとあるものともいえぬし、ないともいえない。それは地上の道のようなものである。もともと地上に道はない。歩く人が多くなれば、それが道になる」――映画の冒頭に示される文豪魯迅《ろじん》の言葉だ。ゾルゲの時代から、まだ半世紀と少し。希望という道は、依然できていない。そう思いつつ、僕は完成試写に立ち会っていた。

（四月二一日号）

スパイ・ゾルゲの時代　その2

（承前）米英はイラクでついに首都バグダッドを陥落させた。サダム・フセインの独裁に終止符が打たれた。圧政に苦しんできたイラクの人々が、フセインの銅像を引き倒し、歓喜の声をあげている。だが一方、祖国を離れたたくさんの難民、破壊された街、無法化で跋扈《ばっこ》する略奪……。イラクはこれからどうなるか。希望をもって新しい国作りを進めるのは、イラク国民であるべきだ。国連がそれを助けるだろう。米英が関与しすぎてはならないのは自明である。

映画「スパイ・ゾルゲ」冒頭の魯迅の言葉を、僕はあらためて嚙みしめる（もう一度書いておこう）。――希望は地上の道のようなもの。もともと地上に道はない。歩く人が多くなれば、それが道になる。――

そう。これから、イラクの多くの人が歩き、道をつくらなければならない。多くなればなるほど、道は早くできるだろう。

ところで、魯迅の故居を訪ねたのは一九九一年。そうか、あの時も、篠田正浩監督と一緒だったんだなぁ……。篠田さんが団長で、団員が脚本家・山田太一さん、映画監督・小栗康平さんと僕。通訳として日中文化交流協会の横川健さん。訪中映画人代表団は杭州の映画人と交流したのち近郊の紹興へ足を延ばし、現地映画関係者と昼食をともにした。本場の、紹興酒つきだったことは言うまでもない。だが、この時僕が楽しみにしていたのは（酒だろうって？ まぁ、話を聞いて下さい）、魯迅と、そしてもう一人秋瑾《しゅうきん》の家に行くことだった。

魯迅が最後に住んでいた家は上海で、これはかつて行っている。だから、「阿Q正伝」の作者が一七歳まで過ごした紹興の家も是非見ておきたかった。一方秋瑾の生家は、魯迅宅から一キロと離れていないところ。秋瑾は僕の憧れの女性だな、いわば。若くして明治末期の日本に留学。孫文のもとで中国革命に参加。帰国後処刑された。死に臨んで詠んだ歌――「秋風秋雨《しゅうふうしゅうう》人を愁殺《しゅうさつ》す」。ね、いいでしょ？ 雄々しく、無念。かつ、たとえようもなく悲しい。棟と中庭が幾重にも連なる清《しん》時代の大邸宅だが、こんなすごい家に生まれ育って、革命活動に飛び込んだのだ……。この時、僕は秋瑾に惚れなおしたようだった。

話が逸れてしまったが、この時の旅で、僕は何本も一緒に仕事をしてきた篠田監督の心の底に、少し近づけたと思った。「戦争中、軍国少年だったよ」と、戦後、早稲田大学陸上部に属し箱根駅伝まで走った篠田さんは、たくましく日焼けした顔で、少しはにかみながら言う。僕が音楽を書いた「瀬戸内少年野球団」「少年時代」「瀬戸内ムーンライトセレナーデ」そして今度の「スパイ・ゾルゲ」……。すべて日本の「戦争」に関わるこれらの作品群は、ある意味で篠田さんの贖罪《しょくざい》ではないのか。だからこそ、篠田さんの平和への思いは強い、と僕は読み取るのである。

（四月二八日号）

命燃やす日々

四月四日、「フルート協奏曲」を脱稿。今年（二〇〇三年）三つめのオーケストラ曲だ。三カ月にオペラを三つ初演した一昨年（二〇〇一年）秋に月に一曲。毎日がキツかった。三カ月にオペラを三つ初演した一昨年（二〇〇一年）秋に匹敵する。我ながら、驚く。

面白いことに、三曲中最初に書いた曲が、演奏は一番あとだ。一月に書いたそれは、岐阜県交響楽団委嘱による「夢の跡へ」という一七分ほどの曲。同楽団はアマチュアながら社団法人だ。創立五〇年記念委嘱である。畏友・小松一彦君の指揮による初演は一一月二三日の予定（東京・サントリーホール）。何と一〇カ月も前に曲ができた。珍しいことと言っていい。

プロ・オーケストラが、一回のコンサートのためにどのくらいリハーサルを持つか、知ってる？——平均三日、場合によっては二日だ。演奏頻度の高い古典名曲ならいざ知らず「現代モノ」の新作をこれで仕上げるのはプロでも大変。でも、やっちゃう。アマチュアはそうはいかない。何カ月も練習する。アマチュア・オケが大好きで、若いころは指揮活動もしていた僕だもの、その辺の事情は熟知。十分な練習期間を贈ってあげたかった。

次。二月に書いたのは「3776メートルの年代記」（約一五分）。富士山クリーンキャンペーンを展開している毎日新聞社からの、その一環としての委嘱だった。富士山が世界文化遺産として登録されそうだったのにダメになったのは、あまりに汚いからだったらしい。遠目には美しい白雪と見えたが、実は捨てられたオムツだったという話まである。この曲は、三月一一日に、現田茂夫君の指揮、東京交響楽団（もちろんプロ）により初演された。曲ができたのは、その一七日前であった。

さて、三つめの「フルート協奏曲」。五月一〇日、若手のホープ下野竜也君の指揮、日本フィルハーモニー交響楽団により初演される（サントリーホール）。脱稿は初演の一カ月以上前。ウン、早いほうですな、僕としては。超絶技巧の独奏パートの練習期間を考えたからだ。その独奏は、四〇年来の親友、小泉浩（以前このエッセイに書いた「わが友ガラ」

のアイツだ、『空を見てますか…3』所収)。「砂の上に対座して」というサブ・タイトルをつけたが、これは、三〇年来のやはり親友、池澤夏樹(作家)の詩の一節である。

さらに、この三曲の作曲と並行してオペラや合唱曲も書いた(書いている、と言うべきだな)。映画音楽も書いた。イラクの情勢が気になりつつ、書いた。

イラクがあんな状態なのに通常の仕事をやっていられるのか、という人がいる。そうだろうか。世界中の人々それぞれに、日常の仕事が、生活が、ある。それを放置し、たっぷりの時間を自在に繰っての訴えでは、むしろ腰がふらつくのではないか。日常を、仕事を、懸命に保ちつつの訴えだからこそ、切実な真の必然性を持ち得る。そう思いながら、僕は僕の命を燃やした。思いを馳せ、祈り、訴え、そして僕は僕の仕事をしたのである。

(五月五・一二日号)

豪放逝って、あとは寂寥

四月八日、作曲家・石井眞木さん逝去。六六歳（五月末で六七歳になるはずだった）。つまり一九三六年生まれ。僕より七つ上。音楽家仲間は皆、親しみをこめてマキさん、マキさんと呼んでいた。でかい身体は作曲家というよりスポーツ選手みたいだったし、人柄も豪放磊落《らいらく》。酒もおしゃべりも楽しかった（音楽についてはアトで触れよう）。甲状腺未分化癌。あの頑健な眞木さんが亡くなるなんて……と、誰もが信じられない思いだった。

僕が眞木さんの作品を知ったのは、大学に入ったころだったと思う。ベルリンで、一二音技法（説明は省略しますね）の創始者シェーンベルク（一八七四～一九五一）の弟子として僕らの間では有名なJ・ルーファーのもとなどで現代音楽作曲法を学んだ眞木さんの作品は、僕ら若い作曲学生にとって十分に刺激的だった。室内楽曲で、フルートに七連符。

だがその中で三つめと五つめは休符。一方ヴァイオリンは二つめが休符の五連符。エエト……七連符の四つめが五連符の三つめの前に入り……などと演奏家たちが鉛筆で細かくタテ線を記入していたら、練習場に現れた眞木さん、「あ、適当でいいの。雰囲気なんだから」と一言。必死でさらっていた演奏家たちが怒った、という話を当の演奏家から聞いたのは六〇年代だったか。

また眞木さんはある時「ピアノのための音楽」という曲を書き、さらに「尺八のための音楽」という曲を書いた。この二曲を同時に演奏すると「ピアノと尺八のための《遭遇Ⅰ》」になると知り、僕は仰天。二曲書けばただちに三曲めができるわけだもの。付記すれば、《遭遇Ⅱ》はオーケストラと雅楽が同時に演奏する曲だ。芸術界に「前衛」の嵐が吹き荒れた六〇〜七〇年代。このような「偶然性の音楽」は最新の手法だったが、加えて眞木さんは「西と東の出会い」というコンセプトを強く意識していた。ドイツと日本を往復しつつの活動ゆえの必然的帰結に、眞木さんの何とも豪快な性格が併せられた、と言えるだろう。

眞木さんは、日本モダン・ダンス界のパイオニア、石井漠の子息（三男）である（長男の歓さんも著名な作曲家）。バレエ、ダンスなど舞台作品も少なくなかった。当然だ。さまざまなシーンでの発言も、常に注目を集めた。一九八二年「反核・日本の音楽家たち」の立ち上げの際、眞木さんと僕の二人で議長を務めたっけ……。親しい先輩の死、悲しい。

もう一人、上浪渡さん。眞木さんの逝去と同じ日、ほとんど同じ時刻に亡くなったのである。元NHK音楽番組部、現代音楽専門のディレクター。作曲家は皆、大変な世話を受けた。その末席に、若かった僕もいる。この人も豪快な人。あのべらんめぇがもう聞けないと思うと、淋しい。眞木さんが誘《いざな》ったのかもしれない、と僕たちは語り合い、二人を偲《しの》んだ。

豪放逝ってあとは寂寥《せきりょう》――その思いしきりの、四月初めであった。

（五月一九日号）

交響曲第四五番

「交響曲第四五番《宿命》」という曲を聴いた。でも、その前に四四曲あるのではない。1＋2＋3＋4＋5＋6＋7＋8＋9＝45。音楽史上の金字塔、ベートーヴェンの九つの交響曲のナンバーを全部足しちゃったわけ。

「ダダダダーン」と、誰でも知っているあの通称「運命」で、曲が開始。しかし、そのあとが違う。ベートーヴェンの第一番の交響曲に転じた。それから「序曲エグモント」のコーダ（終結部）になり、「レオノーレ序曲」になり……だったかな？　忘れちゃったけど、要するに目まぐるしく次々に、さまざまな曲が登場。いちいち大笑いしていた聴衆が、笑うのにくたびれてきたころ、「運命」終楽章のコーダが出てきた。すると、会場にパラパラと拍手。「ホホウ」と僕は感心したね。モトの曲に戻ってきたぞ、という拍手なんだ、きっと。音楽ファンとしてはなかなか高度な拍手じゃないか……。

イギリスに「ホフヌング音楽祭」という催しがある（行ったことはない。今でもあるのかどうかも知らないが）。「クラシック音楽の冗談」大特集大会だ。ホフヌングという人は漫画も書くが（それが本職なのかな？）、指揮者を描いた漫画はとりわけ傑作。たとえばコン・フオーコ con fuoco（火のように）という発想標語のもとに、燕尾服が燃え盛り、髪の毛が逆立ち、モノスゴイ形相、アッチッチッで指揮している姿、笑えるよ。何冊か持っているが、この人の音楽漫画はいつでも楽しい。音楽祭はこの漫画の「音」版だ。しかし楽しむためには、ある程度音楽を知っていなければならない。

「交響曲四五番」の途中で起きた拍手は、僕に「ホフヌング音楽祭」を思い出させたのだったが、実はそういう拍手ではなく、舞台下手に山本直純さんが現れたせいだった。オーケストラの前を横切り、指揮者の背をつつく。振り向いた指揮の榊原栄君、驚いた。だって直純さんは昨年亡くなり、きょうはその追悼、「山本直純フォーエヴァーコンサート」なんだもの。……いやぁ、この「ソックリさん」、広島交響楽団の打楽器の方だった。笑ったね。

いつだったか、仲間何人かのおしゃべり。「締め切りなのに、五線紙が真っ白って夢、よく見るよ」と言ったのは、たしか僕。みな「ウン、見る、見る」と同調。そこへ「オレは見ないな。オレのは、夢の中で曲ができちゃってるんだ。で、目が覚めると真っ白。この方が怖いぜ」と一人だけ違うことを言ったのは直純さん。ウン、たしかにその方が怖い。しばし、シーンとしちまったっけ。

直純作曲「交響曲第四五番《宿命》」のほかに、ピアノ協奏曲「ヘンペラー」も演奏された。もちろん「エンペラー（皇帝）」のモジリ。アンコールに「男はつらいよ」。先月亡くなった正美夫人の思い出も併せ、この五月二日サントリーホールで僕たちは、直純さんのあふれる才能をなつかしんだのだった。

（五月二六日号）

便利そうで、不便

ある日、パンフレットが郵送されてきた。読めば、こりゃ便利だな、たしかに。で、ＪＲ東海の「エクスプレス・カード」を申し込んだのである。新幹線の指定席予約を携帯電話で、というのが謳《うた》い文句。

旅が多い上に、僕は時刻表を読むのが趣味。国の内外を問わず、旅のスケジュールを作り、ホテルの予約をし、交通機関の切符の手配をするのは旅のおいしい部分、と考える人間だ。仕事の際、列車や飛行機の切符が相手から送られてくることがあり、忙しい時それはそれでありがたいが、本当は自分で準備するほうが楽しいんだな。

これまで、ＪＲの列車予約はプッシュフォンでやっていた。なぜかパソコンじゃなく。

プッシュフォン予約の時、相手はコンピュータ音声。これ、味気ないし、あまり快適ではないが（以前このエッセイで、こんなふうに機械相手になっていく現代社会を嘆いたっけ……）、でも簡単だし、便利だった。予約しておいて、指定期間に「みどりの窓口」へ行き、予約ナンバーを告げればいい。しかし、携帯電話なら、さらに簡便。じゃ、やってみるか……。

今ごろそんなこと……、遅れてるよ、という声も聞こえますね。たしかに。でも、何によらず新しいことをいち早く、というのを僕は好まない。試みるのは少し経ってから。でもとにかく、こうして、やる気になった。

何日かたって、さっそく必要が生じた。やってみる。できた。コンピュータの声が聞こえてこないぶん、気持ちがいい。最後に表示された「預かり番号」を控える。これであとは、ついでの時に「みどりの窓口」のコーナーに設置されている自動券売機にカードを差し込めばいいんだな……。

それを乗車直前にやってもいいのだが、乗車当日はもしかしたらぎりぎりに駅に着くかもしれない。機械の前が行列かもしれない。だからやはり早めにやっておこう。通りすがりに、いつも行く渋谷駅の「みどりの窓口」コーナーに入った。あれ？　「エクスプレス・カード券売機」がない。係員に尋ねる。「ここはＪＲ東日本。そのカードはＪＲ東海です。東京駅のＪＲ東海コーナーへ行って下さい」

ええっ？　このカードが「ＪＲ東海」という特定の会社のものだなんて、全然考えもしなかった。東京駅まで行く時間はないな……。二、三日後の朝、新宿に出たので電話で問い合わせ。「新宿にＪＲ東海はありますか？」――西口高層ビル群の一つにあるって。駅構内じゃないのか。ちと遠い。でも、行ってみる。時刻は九時半。あったあった。だが閉まってるぞ。近寄ると、「午前一一時から」だって……。

やれやれ……。便利そうで、何て不便なんだ。だいたい、東日本、西日本、東海などと、狭い日本をそんなに区分けし、しかも互換性のないカードを発行して、それが近代化ということ？　国鉄の時代が、なつかしいなぁ……。

僕のやり方、どこか違う？　ちゃんとやれば便利なはず？　だったら誰か、教えて下さい。

（六月二一日号）

鶏口と対策　その1

母校が、創立八〇周年を迎えた。高校である。

その記念式典で講演をし、さらに現役プラスＯＢ＆ＯＧのオーケストラを指揮した（五月二四日、渋谷公会堂）。長年の卒業生に著名な人、優れた人がたくさんいるのに、なぜ僕が……、と真実面映ゆく、困惑の極み。

ただ、僕はことあるごとに、今の僕を作ったのは高校とあの時代だ、と言ってきた。母校としては、そういう奴にしゃべらせれば学校の活性化に役立つと考えたのかも。

高校時代は、思い出だらけ。とうてい書ききれない。これまでにも披瀝《ひれき》したが（「小山の大将」その1～3、『空を見てますか…1』所収）、もう一度書かせて下さい。角度を少し変えてみますから。

音楽の高校へ進もうか、とほんのちょっと考えないでもなかったが、ほとんど迷うことなく、僕は父の母校でもある東京都立新宿高校（父のころは旧制府立六中）に入学した。

当時の新宿高校は、いわゆる受験校だった。一学年四〇〇人のうち、浪人して進む者も含めれば最終的には半数近くが東大へ行く、という学校である。なのに、青白いガリ勉的ムードからはほど遠く、校風はむしろバンカラで溌剌《はつらつ》、明るい。僕たちはそのことを誇りに思っていた。だから、入学するやたちまち覚えたのは、隣の新宿御苑へのもぐりこみかた、授業を抜け出して行く映画館の裏口の入りかた……。学校は楽しかった。ただ、中学時代、ブラスバンドのクラリネットに夢中になっていた僕としては、高校にその種のクラブがないのが淋しく、当時朝日新聞社が持っていた「朝日ジュニアオーケストラ」の東京本部教室なるところを受験。何とか合格。毎日曜に通うことになる。

はじめはイキイキ。何度かステージにも乗った。ある時、ロッシーニの有名な序曲「盗むかささぎ」をやることになる。クラリネット、難しい。吹けない。できなきゃ練習すればいいのに、僕はそういうのが苦手（今でも、だ）。「やめちまえ！」――で、退団。この時、僕の心中に浮かんだ言葉が、その後の高校生活にいやずっとのちまで、大きく関わることになる。

その言葉とは——。

鶏口《けいこう》となるも牛後《ぎゅうご》となるなかれ。

鶏口牛後、とも言いますね。中国の戦国時代、西方の秦《しん》の強大な軍事力に対抗するため、小国群が手を結んで同盟を結び、外交政策を展開。その際用いられた言葉だという。

「朝日ジュニア・オーケストラ」をやめた僕は、高校の廊下に稚拙なポスターを貼り、オーケストラ・クラブを作ろう！　と呼びかけた。「朝日ジュニア」の、音大を目指す水準の「うまい奴ら」の中で「牛後」でいるより、高校内で「鶏口」になろう、と考えたのである。ポスターは功を奏し、集まってきた。よし、これで僕はクラリネットを楽しめるぞ。

ところが、そう思いどおりにはいかない。とんでもないことになった。

（六月九日号）

鶏口と対策　その2

（承前）ポスターは奏功。集まったはいいが、珍妙な楽器編成。だけどメンバーは虎の子。これでやらなきゃ。よし、編曲だァ。

チェロもオーボエもいないがフルートとトランペットはやたらいて、さらになぜかウクレレ入りのオーケストラに、モーツァルトやハイドンを僕が編曲。しかも指揮担当になってしまった。もうクラリネットはいいや。

折しも僕は、ひょんなことから芸大作曲科の受験を決め、「和声学」など専門の勉強を開始する（この辺りの事情はすでに書いたと思うし、省略。『空を見てますか…1』など参照）。編曲は勉強にもなるな、ウン。勝手な言い訳でクラブ活動漬けの毎日。

やがて、次第にまともな編成に近づいてきたこのオーケストラに自作を書き、学内で発表、なんてところまでエスカレートした。こうなると、もう自他ともに認める「鶏口」。ある時ヨーロッパの著名オーケストラが来日。今のようにひっきりなしに欧米の名門オケが来る時代ではない。行きたい。聴きたい。小遣いを貯め、ようやく一番安いチケットを入手。プログラムは、ブルックナー「交響曲第五番」だって。ナニそれ？

聴きに行くことを吹聴していたから、音楽好きの友人から尋ねられる。「そのブルックナー、どんな曲？」――知らない、なんて言えない。音楽のことはアイツに聞け、ということになっている。何せ「鶏口」なのだ。

「きょうはちょっと忙しい。明日ね」と逃げ、友だちから金を借りまくって、銀座の大きな楽器屋へ。輸入版のスコア（総譜）を買う。高価。その分、モトをとらなきゃ。その夜ほとんど眠らずに、その長大なスコアを読んだ。覚えるくらい、必死で読んだ。モトはとったぞ。そして翌日、何食わぬ顔で「きのうはごめん。ブルックナーの五番って曲はネ……」と詳しく話したっけ。「鶏口」を保つには、そのくらいの対策が必要なのであった。

ある朝教室に入って来た英語のM先生、教壇の花瓶に女生徒の誰かが活けたらしい花を見つけ、「きれいな花だねぇ。池辺君！　気がついたかね？」――気がつくわけ、ないよ。

学校に来るなり、遊びまわってたんだから。
「キミは音楽家になりたいんだろう? だったら、このように美しいものに、誰よりも先に気がつかなきゃ、ネ」——参ったね。「鶏口」の誇り、一瞬にしてペチャンコ。しかし、もし音楽の高校へ進んでいたら、鶏口になろうとはつゆほども思わなかっただろう。牛後でいい。それに慣れてしまっただろう。

だから僕は確信しているのだ。僕が、現在かろうじて音楽でメシが食えているのは、音楽専門ではなく、それどころか極めて自由な校風の、あの新宿高校へ行ったせいだ、と。しかし今やこんな考えかたは流行らないみたい。イチロー、松井、中田……。海外で活躍するアスリートたちはみな、鶏口を否定し、牛後どころか「牛口」を目指して日本を飛び出したのだから。すごい! それがホントの勇気だな。今ごろ気がついても、遅いか……。

（六月一六日号）

新型肺炎

新型肺炎SARSは、いっときよりやや勢いを弱めた感もあるが、いったん終息しながら再燃した地域もあるし、予断を許さない状況が、なお続いている。中国では、SARSを診察した医師は、家族への感染を防ぐため帰宅しないそうだ。日本でも、僕の友人某の会社は中国と縁が深く、かなりの人数がかの地へ出張するが、帰国すると、無条件に一〇日間、社の施設に隔離だという。

八月に予定されていた「混声合唱組曲《悪魔の飽食》全国縦断コンサート」が「全国」を飛び出しての第二次中国公演も、延期になってしまった。前回（一九九八年）のハルビン、瀋陽《シエンヤン》に続き、この夏は北京と南京で歌うはずだった。もちろん森村誠一さんが講演、僕が指揮。ふたたび二〇〇人規模の大合唱になっただろう。前半のステージでは、やはり森村＝池辺コンビで昨年生まれた組曲「正義の基準」が演奏されることになっていた。

プロデューサーの持永伯子さんなんて、準備のために、いったい何度中国へ足を運んだことか。スタッフも一緒に、演奏会場はもちろん、ホテルやレストラン、移動途中の休憩所に至るまで、すべて事前チェックをし、不備があれば指示をして、万全を期していたのだ。だから、緊急に集まった縦断コンサート全国連絡会議としては、まさに苦渋の決断だった。たとえ一パーセントでも危険が存在する以上、実行するべきではない、という結論に達したという。

人間の歴史は、病気との戦いの歴史でもある。ペスト、天然痘、結核、赤痢……、人類は病気に対し、ほぼ勝利をおさめてきたといえるだろう。だが、敵もさるもの、次々と新しい攻撃手段を打ち出してくるのだ。

ところが、戦う一方で、病気に攻撃のきっかけを与えているのも人間なのではないか。だって戦争という名目でミサイルや砲弾が飛び交い、空気を強烈に震えさせている。核保有国の核実験は空気のみならず土も木々も汚し放題だ。タンカーはしょっちゅう油を海に流し出し、世界の空を覆う飛行機は大量の排気ガスを撒き散らす。

自然だってびっくりしますよ、そりゃ。いまだこの世に無かった細菌が空気中に発生することも、十二分にありうる。さらに、熱帯の密林の奥地など、かつては踏み込まなかった所にまで、今や人間はどんどん侵入している。ナントカテナガザルしかかからなかった病気に、人間まで付き合う時代になってしまった。おまけに現代の人間は、「そんなもの食べられるの?」というものまで、なりふりかまわず何でも食っちゃう。

新型肺炎の発生原因が何なのか分からないが、原因は人間なんじゃないの? という気も、非科学的にだが、するのである。

「悪魔の飽食」第二次中国公演は、しかし中止ではなく、延期だ。新型肺炎の完全終息を願いつつ、二〇〇五年の実現へと僕たちは思いを馳せている。

(六月二三日号)

悲しい、どころじゃないぞ

二〇〇三年六月六日の参議院本会議で、有事法制三法が可決・成立した。武力攻撃事態対処法、改正自衛隊法、改正安全保障会議設置法だ。

外国から組織的あるいは計画的な武力攻撃があった場合に、基本的な対処法を閣議で決められるようになった。そりゃ、国である以上、何によらず対処法が必要なことは、分かる。だが、国会の事前承認を必要、と定める一方で、緊急の場合この閣議決定の方針は「事後」承認でもいい、とされている。これが怖い。

さらに、武力攻撃が「予測」される場合にも、この法律は同様の効力を持つ、とされている。これは、なお怖い。「予測」とは、どの程度を指すのか。いつ攻撃されるかとびくびくするあまり、実は何でもないのに、こちらから外国に攻撃をしかけてしまう、ということがないと言い切れるか。

また、緊急時には、民家や道路を接収して陣地にしたり、壊したり、民有林を伐採する権利も、国が持つことができるようになった。

「備えあれば憂いなし」と、このところの小泉首相はお題目のように繰り返している。これに追随してある作家が「ガードマンがいない銀行を、あなたは安心して利用できますか？　それと同じです。有事法制は必要なのだ」と書いていた。一見、説得力がありそう。だが違う、と僕は言いたい。

戦争否定、武力放棄の平和憲法、その国是に自信を持つことこそ、ガードマンなのではないか？　すなわち、過去の過ちを正しく認識し、地球上のいかなる紛争にも兵力を派遣などせず、世界に平和を説く毅然とした国の姿勢（憲法解釈でふらついたりせずに）が大前提。これが、最強のガードマンだ。そういう国は攻撃されませんよ。攻撃したら、国際的大非難を浴び、国としての資格すら失うだろうし……。

くだんの作家にならって銀行にたとえようか。有事法制とは、コトがあれば国があなたの預金を勝手に引きだし、使っちゃう、銀行のデータも、すべて国の非常時のために消去しちゃう、ということではないのか。これって、どこがガードマン？

加えて、「イラク支援法」が、閣議決定された。自衛隊をイラクに派遣するための法律だ。「観客席からフィールドに出ること」とアメリカのアーミテージ国務副長官が言った。「ショウ・ザ・フラッグ」が「フィールドへ！」にエスカレート。フィールドで何をするのか実に曖昧《あいまい》なのに「ハイハイ、分かりました」と、新法を決めてしまうこの国の政治。

それでいて、国民保護法制はあとまわし。

戦時中の「隣組」を復活させたら、といった政治家さえいたらしい。隣どうしが監視しあい、コトあらば密告までしての国民総動員。「お国のため」がスローガン。ひどいではないか。いくら何でもそりゃない、と思っていたのが、ここにきて危なっかしくなってきた。これが、新世紀の日本なの？——悲しいね。だが、それどころじゃないぞ。

（七月七日号）

コピー

ひとつの曲を書き終えると、まず何をするか。オーケストラ作品の場合は、写譜屋が手稿譜を受け取りに来る。写譜屋は手稿譜をコピー。何部か製本し、さらに各楽器のために「パート譜」を作成する。

合唱曲の場合は、パート譜が要らない。だから、手稿譜のコピーを委嘱者に送る。同業の友人たちの中には、コピー機を自分で所有している者もいるが、僕は持っていない。一方、合唱曲を書く機会は多い。必然的に、近所の店でコピーすることが多くなる。「店」はコンビニではなく、長いつき合いの文具店だ。僕と同じ「共同住宅」で一軒おいた隣の同業者（大先輩・林光さんです）も同じ店へ行くので、この店の機械は手書きの楽譜を扱うことが頻繁である。

大学生のころは、困った。巷間《こうかん》でコピーができる時代ではない。叔父（父の弟）で東大教授の建築家がおり、その研究室でコピーをさせてもらった。当時は、「青焼き」という代物。不鮮明さに加え、触ると何やら薬品にかぶれそうなコピーだった。

しばらくして、青焼きではないコピーが登場。都心のコピーセンターへ、何度通ったことか。遠いし、一枚あたりの単価も高かった。だが、そこへ行くしか方法がなかった。

まぁ、昔は書き写していたわけだからね。それに比べれば、贅沢は言えない。

それが今はどう？　つい先日も旅先で「カラーコピー」の必要が生じたが、見知らぬコンビニへふらりと入って、コトが済んだ。思えば便利で能率的な時代になったものよ……。

しかし、だから問題が起きた。発行されている書籍、雑誌、新聞などを、誰でも簡単にコピー、すなわち複写、複製できるようになったのである。これはもちろん違法。だが、営業用でなく私的には、ついやってしまいがちだ。カセットテープやMDなどの私的録音に関しては、録音機材に著作権料を含ませることにより、一応の解決を図っているが、前述書籍等のコピーについては管理が難しい。これでは、発行者ひいては著作者の権利がいちじるしく侵害されてしまう。

そこで、一九九一年に「日本複写権センター」が設立された。前述権利侵害の問題処理にあたる機関である。

この問題、楽譜でも同様だ。ところがなぜか、この「センター」では楽譜（発行されたもの）は扱っていないらしい。楽譜コピーが氾濫《はんらん》しているにもかかわらず、である。

そこで僕たちは、発行された楽譜の複写権処理機関設立のための運動を始めた。このままでは、楽譜出版社がみなつぶれてしまいかねないもの。しかし、設立には楽譜出版社と著作者の力だけでは駄目だ。音楽に関わるすべての人の「意識」こそが必要だ。便利さが、陰でいつの間にか他者の権利を侵していることになれば、それは、人間の真の進歩とは言えないのではないか。


（七月一四日号）

雨の動物園

実は、僕、動物園が好きなのです。

旅をして、ちょっと時間があれば行ってしまう。国内各地はもとより、ニューヨーク、ベルリン、マニラ、香港、北京、広州、昆明《クンミン》、ニューデリー、カイロ、ザグレブ……、随分あちこちで、動物園へ行った。幼いころからの動物好き。必然的帰結なのかもしれない。

知ってるかな？　雨の日の動物園って、面白いんですよ。晴れている日がな、寝そべってあくびばかりしているライオンが、生き生きと動き回っている。晴れている日、これ以上の退屈はないという顔をしているオランウータンが、人格（猿格かな？）が変わったように活動的になっている。園内のあちこちで、けたたましい鳥の啼き声が響き、何だか分からぬ獣たちの雄叫《おたけ》びが、それに呼応する。ふだんの一〇倍くらい、にぎやかだ。

その日、仕事を終えた僕はタクシーで空港へ向かったが、時間がたっぷりある。雨だ。突然思いついた僕、「運転手さん、動物園に寄って下さい」と叫んだ。「ちょっとひと回りしてくるだけだから、門の所で待っていてくれる?」「いいですよ」

園内はガラガラ。正確には、ほとんど誰もいない。しかしその淋しさと対照的に、やはり雨の動物園は生気にあふれていた。駆け足で象や虎、ペンギンなどと対面した僕、帰りしなに「ミラーハウス」なる建物を見つける。

こういうものを発見するとムクムクと好奇心が湧き起こるのが僕のサガ。ナニナニ、五〇円玉一個で自動改札を通過できるわけか……。

入った。

狭い通路が縦横に走る。要するに迷路なのだ。通路の壁はすべて鏡。自分の姿が幾重にも映っています。面白いじゃない……。

ところが。

出られない。焦った。だが、焦れば焦るほど、分からなくなる。迷子だ。

「スミマセ〜ン、誰かいませんかァ……」

大声で怒鳴ったね。だが、無人の改札を通ってきたんだし、雨の園内、そこには誰もいない。僕はポケットを探り、手帳があったので、そのページを細かくちぎって、ジベタに撒いた。一度通った路がわかるように……。散らかして申しわけないが、出られないので勘弁してね。「ヘンゼルとグレーテル」の物語にならったわけだ。

それで、やっと出られた。急ぐ。門の所でタクシーの運転手君、車から降り、心配そうにウロウロしている。「すみませ〜ん、お待たせしました」「いやぁ、遅いから気が気じゃなかったですよ。飛行機の時刻がありますものね」「ハイハイ、すみません。申しわけないが、急いでくれますか」

演劇の仕事で行った、十数年前の熊本での笑い話だ。我ながら変な奴だね。動物園サイドとしても、悪戯をしたくなったのだろうよ。

でも、雨を厭《いと》わず、動物園に行ってみてはいかが？　面白いよ。ただし、「ミラーハウス」には、ご用心。

（七月二一日号）

坐骨神経痛

この前、坐骨神経痛《ざこつ》なるものに襲われた。

この種の、つまり骨に関する不調は、生まれて初めてだ。だいたい、「座骨」なのか「挫骨」なのか「坐骨」なのか、いまだに知らない（調べようともしないんだけどね）。

左足が変だな、と感じたのは春ごろだったと思う。山登りの時、太ももの筋肉が張ってきますね。あの感じ。仕方なく、ちょっと休む。すると、張りが遠のくような気がして、再び歩き出す。そのうちそんなこともなくなり、忘れていた。ところが、一カ月くらいして、再発したのである。

今度は、前よりかなりひどいぞ。張りどころじゃない。痛い……。つづけて歩けるのは、せいぜい数メートル。そのあと休む。情けないな……。何だこりゃ……。

ついに観念。病院へ行った。

X線写真まで撮る。おおげさだな……。待てよ、それともこれは、ホントにおおごとなのかもしれないぞ……。

ザコツシンケイツウ？――なに、それ？

しかし、さすが医者。僕にいろいろ質問したあげく、ついに原因解明に至った。

今年はじめあたりから、僕はほとんど自宅で仕事をしていない。自宅から歩いて一〇分ほどの所に、僕が育った家（つまり実家と言えばいいのかな）がある。一〇年ほど前に父母が建て直したから、厳密には僕が住んでいた家そのものではないのだが、それでもやはり実家は実家だ。八年前（一九九六年）に母が、一昨年（二〇〇一年）父が鬼籍に入り、そこは空き家になった。父の死後話し合って、この家は僕の妹が相続することになったが、しかし妹も、いずれは別として、現在は都下に住んでいる。ただちに入居するわけにもいかない。そこで僕は、当面ここで仕事をすることにしたのだった。

リビング・ルームにアップライト・ピアノがある。その横にデスクを設置。丸椅子（グルグル回して高さを変えるやつ。最近は見ないが、何せ古いのだ）に座って五線紙に向かったが、落ち着かない。腰から下が何とも不安定。そこで、かたわらの食卓椅子に代えた。ウン、これなら良さそうだ。

しかし、誰かが丸椅子を、モトに戻しておいたんだな。僕はそれに気づかなかった。何カ月か、僕は無意識にその不安定な丸椅子で仕事をつづけていたのである。そうしたら、痛み出した。あるときは、実家から自宅まで一〇分の道程が二〇分を超えたことすらあった。このことを告げたら、完全にそのせい、と医者が言う。

そうだったか……。

幸い、薬を一週間服用し、椅子も変え、徐々に痛みは引いていった。痛みが引いても、しばらくシビレが残ったが、それも次第に消えた。

「オヒレ、セビレは消えましたが、シビレが少し残ってます」などとジョークとともに公言していたが、もうこれを言う必要もなくなった。しかし皆さん、気をつけて下さいよ。

「椅子」って大事なんです。

（七月二八日号）

眠れない夜に

その夜、ベッドに入ってもなかなか眠れなかった。気になることがあって、それが頭から離れない。翌朝早く出なければならないし、眠らなければ……。そう思えば思うほど、その「気になること」が気になるんである。

寝つきはいいほうだと、自分では思っている。話が横道にそれるが、その僕がびっくりした話。ある時エジプトはカイロにいた僕。翌朝早い航空便で国内地方都市に行かなければならない。出発が夜中の三時くらいなので、ホテルをチェックアウトしてしまった。だから、その夜、いる部屋がない。日本から同行したがこの時はカイロに居残る指揮者A氏が、キングサイズのベッドだから私の部屋で仮寝したら、というので甘えることにした。

なんだかんだで就寝は二時。一時間しか眠れないが、まぁ、いいか……。

それじゃ、おやすみ。そう言って横になったA氏。なんと、倒れ込んだ動作のリアクションで、いびきが返ってきた。ベッドの端で、眠る態勢にあった僕、びっくり。ホントにびっくり。で、結局僕は眠れず、一時間後にA氏の部屋をそっと抜け出したのだった。

話、戻る。このA氏ほどではないが、寝つきは悪くない僕。だが、ある夜、なかなか眠れない……。

そこで一計を案じた。よく知っている曲を頭の中で鳴らしてみよう。まずはベートーヴェンの「交響曲第一番第一楽章」からいくか。

アダージョの序奏。やがてアレグロへ。付点リズムのエネルギッシュな第一主題、ついで木管主体の柔らかな第二主題、と曲は僕の頭の中で順調にすすんでいく。ついにコーダ（終結部）に入り、終わった。

しかし、まだ眠れない。「気になること」が、再び僕を襲う。ベッドの中で頭を振って、それを消そうとするが、コイツこびりついて離れない。ええい、もう一曲いくか。今度は自作にしよう。数日後に福井で本番を指揮することになっている混声合唱組曲「悪魔の飽食」でいくぞ。眠れなきゃ、全七曲の最終章までいったってかまうもんか……。

第一章、終了。第二章、終了。第三章に入った。その辺りだった。いつのまにか僕の頭は、あの「気になること」の方へ、やはりいってしまったのだ。しばらく経って、コリャイカン！　と自分を叱咤《しった》。すると……。

なんと頭の中の曲は勝手に進行し、すでに第三章の終わり近くが鳴っていたのだ。

これには驚いた。こんなことってあるのだろうか……。数日後会ったピアニストの志村泉さんに話すと、世界的に有名なピアニストだったアントン・ルビンスタイン（故人）が、同様のことを言っていたと教えてくれた。

学生時代のこと。ヴァイオリンのレッスン中に弾きながら眠ってしまった奴がいた。が、指と弓は勝手に動き、曲はテンポどおり進んでいったんだそうだ。似た話かもしれない。

不思議な感覚だ。眠れなかったおかげで、僕は生まれて初めての、不思議な体験を味わったのだった。

（八月四日号）

落書き

先日テレビで、いたずら落書きを住民パワーで消し去ったという経緯を見た。これがなんと、東京は世田谷区下北沢、つまり僕が住む街の話だったのでびっくり。出演者中に、近所の知り合いの顔もあった。

商店のシャッターや鉄道のガード、家々の塀などが、スプレーの絵具で一面に汚されているのは、たしかに見苦しい。汚された当事者の怒り、よく分かる。

しかし、落書きは、古今東西を問わず、普遍的な遊びではあるだろう。かつて僕もそうだったが、子どもはローセキやチョークのかけらくらい、いつもポケットに入れていたものだ。あの頃僕は、ローセキという言葉の意味も知らなかった。それが「蠟石」というれっきとした鉱物の名だと判明するのは、ずっとのちだ。

幼い僕は、家のすぐ前の電車の駅のプラットホームに、毎日何かしら絵を描いていた。そこは日がな蟻の行列を眺める場所、そして日々のキャンバスでもあった。小さな無人駅に、僕をとがめる人は誰もいなかった。そしてローセキは、ひきつづき小学生時代も、僕の大切な必需品だったと思う。

エジプトで仕事をしたころ（一九八〇年代）、家々の壁に絵が描かれているのを、よく目にした。何人かの人物と飛行機が、カラフルに描いてあったりする。家族で、飛行機でメッカに巡礼に行ってきたぞ、という報告であり、また信仰の証《あかし》でもあるわけだ。もちろんこれは落書きではない。が、「落書き的ココロ」として、僕は、落書きと共通のものを、そこに感じてしまう。

「だまし絵」が街にあふれていたのは、フランスのリヨンだ。窓に見えるが、アレ？描いてあるんだ……とか、ビルに誰かよじ登っているぞ……ナンダ、絵だ……、とか。これも落書きじゃないわけだが、根っこのココロは……。

ネ？

だが、ニューヨークのソーホー地区ともなると、これはまさに「落書き」。そこらじゅうに、あふれている。街全体が、落書きによる美術館と化している感じ。ラスコーの洞窟画などを想起するまでもなく、古代から人は「描きたがる」動物だったんだな……。

そこで思うのだが、今、子どもは、ポケットにローセキを入れているのだろうか。自由に落書きをする場所は、あるのだろうか。

街を汚す落書きは、たしかに追放しなけりゃならんだろうが、一方で「落書きの復権」を考えてみてはどうだろう？

夜中でもいつでも、自由に描いてください。ただし、署名すること。後日審査し、受賞作品を決め、連絡しますから――なんてのは、どう？　また、この街は落書きを名物にしますから、決められた場所に自由にどうぞ、なんてのもあるだろう。

汚されるのは困る。が、拒否のみでなく積極的アプローチが逆に功を奏することも、もしかしたら、あるかもしれない。

（八月一一日号）

大地の芸術

「越後・妻有アート・トリエンナーレ２００３」に、行ってきました。

越後だから、新潟県。妻有は「つまり」と読む。地域名だ。山に囲まれた豪雪地帯。雪が積もってある↓つもりある↓つまり、となったとか、平野が山に突き当たっている↓詰まりある↓つまり、になったとか、諸説ある由。

この妻有の六市町村（十日町市、川西町、津南町、中里村、松代《まつだい》町、松之山町）が一緒になって三年前に始めた大地の芸術祭。「トリエンナーレ」だから三年に一度。今回は第二回（九月七日まで）だ。なんと七六二平方キロという広大な地域に、二二四の作品が点在。参加したのは二三カ国、一五七組のアーティストたちだ。

実は、僕が関わっているテレビ番組「N響アワー」の、恒例の夏のロケ（三泊四日）で行ったのである。地元の名産、越後上布の和装をさせられたりして、少々照れ臭かったが、この催しを、僕はおおいに楽しんだ。

ジェームス・タレル（アメリカ）の作品「光りの家」。体験型アートだ。この地域特有の立派な高床式民家そのものだが、宿泊施設でもある。さまざまな照明システムが家の中いたる所に仕込んであるのだが、うち二つをご紹介しよう。一つは、可動式の屋根。スライドして開くと、四角く切り取られた空を室内から、見上げることができる。僕は思わずルネ・マグリットの絵を連想した。日没後は、空とともに室内の明かりも変化していく。もう一つ、風呂場。光ファイバーが仕込んであり、人が湯舟につかると、青く発光する自分の身体に気づく。幻想的だ。

マリーナ・アブラモヴィッチ（旧ユーゴスラヴィア）の「夢の家」も体験型。「夢を見るための赤の部屋」のほか青、緑、紫の部屋があり、もちろんそれぞれの部屋はその色だ。夢を見るためのパジャマ（というか寝袋だな）を着て、棺桶のようなベッド、石の枕で眠り、翌朝、備えつけの「夢の本」に、見た夢を書きとめる。これも、築一〇〇年のこの地方の民家をそのまま作品にしているのである。

僕が好きだったのは、イリヤ&エミリア・カバコフ（ロシア）という夫婦の作品「棚田」。この地方特有の棚状の田んぼのそここにかなり大きなオブジェが建てられている。オブジェは一面青かったり黄色だったりするのだが、農作業をする人――それも鋤《すき》、鍬《くわ》を持ち、牛を使う伝統的な作業――の姿だ。少し離れて見ると、これらの作品がシルエットに見え、デジャヴュ（既視感）のような不思議な感覚に包まれたのである。

ほかにも興味深い作品がたくさん。いずれも、大地やこの「地方」を意識し、また生かしている。何年か前、茨城県の山間の広いスペースにおびただしい数の色とりどりの傘を並べたクリストの作品などもそうだったが、美術は今、美術館を飛び出した。自然環境や日常の生活と芸術がどう関わるか――音楽も含め、これは新世紀の課題の一つだろう。

（八月一八・二五日号）

え？　還暦？

「暦」というものには、少なからぬ興味があり、これまでこの欄でも何度か書いてきた。が、それは「ユリウス暦」とか「グレゴリオ暦」あるいは「太陰暦」や「宝暦暦」などといったもの、つまり自然と人間の、いわば時間の刻みかたの関係についての関心である。ヒノエウマとか、やれ大安だ、仏滅だ、といった類《たぐ》いにはあまり興味がなかった。

それなのに……。

還暦だァ！　と友人知人が騒ぐのである。

生まれた日の暦に、六〇年ぶりに戻ってきたわけか。そういえば、瀬戸内海の水は六〇年で完全に入れ替わる、と子どものころに聞いたが、あれは本当なのかなぁ。だとしたら、人間が勝手に考えた暦も、あながち不自然ではないのかもしれないな。

さて還暦だが、数年前からある種の予兆があった。当時四〇歳になったばかりの作曲家A君、僕が五五歳になったと知るや、ニヤニヤしながら「池辺さん、四捨五入すると何歳ですか？」などと聞いてきた。もちろん、本人の口で六〇と言わせたい魂胆だ。「え？四捨五入したら一〇〇歳さ。君なんて四捨五入したらゼロじゃないか」と答えたね。そしたら、ハハハ、ギャフンだったよ、彼。

しかし、これは人生の「節目」だ。たしかに、節目は必要だという気が、する。

これ、実は、ほかのところにも書いた。数年前から月に一回書いている読売新聞のエッセイだ。彼我で同じ話題を扱うことはほとんどないのだが、今回は敢えてそうしたい。なぜなら、この「空を見てますか」は、いずれ単行本になるはず（つい先ごろ第四巻まで上梓されたばかりだ）。そうなった時、読み返してこの還暦という地点に触れていないのは、かえって不自然なんじゃない？

そこで、「節目」だ。

読売の冒頭に「勤続疲労も金属疲労もある」と書いた（このエッセイは同社の英字紙The Daily Yomiuriにも掲載されるのだが、同紙編集部・岸並由希子さんによるこの部分の英訳、

metal fatigueとmental fatigueだって。うまい！　僕は思わず膝を打ったね）。疲労とは、僕の場合、要するに振り返る時間がないこと。次々に迫る目先の仕事に追われ、これまで自分が書いてきたものの整理すらできない。これでは「創作」というより「生産」なんじゃないか、と時折考えてしまうほどだ。

そのための、暦の節目なのかもしれない。一〇年前、五〇歳の時は、数カ月をニューヨークで過ごし、気持ちの転換を図った。今回は、友人たちが幾つもの僕のコンサートを企画してくれたので、否応なしに「振り返り」を強いられている。

瀬戸内の水が入れ替わるように、生まれた時の血の最後の一滴が新しい血と交代し、僕は今、リフレッシュする地点に立っているのかもしれない。暦が巡ることなど、どうでもいいのだが、そう考えると、「今」の大切さをつくづく感じてしまうのである。

（九月一日号）

料理について　その1

音楽家には「グルメ」が多い。我が師・三善晃氏なんて料理の本まで書いているし、ルネサンス音楽が専門の音楽学者・皆川達夫さんのワインへのこだわりは、すごい。テレビではほとんど料理研究家のようにふるまっている歌手・グッチ裕三さんのような例もある。もちろん音楽家以外でも、滝田栄さんのように俳優でありながら料理の著書を幾つも書いている人もいるな。かつては、三〇代半ばまでに三十数曲もオペラを書きながら、後半生は食べることと料理に精力を注いだロッシーニのような作曲家もいた（数多くのロッシーニ・レシピがある）。かのベートーヴェンも、かなりワインに凝っていたらしい。

しかし、食べることに特にうるさいのは、どうも演奏家に多いみたいだ。僕の曲を何度も弾いてくれているし、録音スタジオでの大切な仲間でもあるチェリストのK君なんて、会うといつでも、開口一番どこそこのナニがおいしかったとか、今度どこそこに食いに行きたいなどという話ばかり。作る話では世界的ヴァイオリニスト、イツァーク・パールマンの料理好きは有名。作曲家だが指揮者でもあるタン・ドゥン（古い友人だが、今や世界的な存在だ）の中国料理の腕もすごい。

さて、僕だが……。

僕は全然、グルメじゃない。そりゃ、おいしいものを食べるのは好きだし、ワインでも日本酒でも「僕のベスト・ワン」から「セブン」くらいまでは、一応決めてある。でも、そうでなきゃ駄目、ということはないのだ。親しい仲間と楽しく飲み、食べるのだったら、もう、何だってよくなっちゃう。その代わり、一人での外食が苦手。とはいえ、そういうこと、きわめて多いのだ。

誰か一緒なら、何にしようかと考える回路が機能するのだが、一人だと何でもいいんだな。立ち食いソバかカレーライスでいいや……。

僕の仕事仲間、舞台美術家の妹尾河童さんもそうらしい。一人の外食は苦手。だが、その先が僕と違う。その辺の知らない人に声をかける。「あの、僕と一緒にメシ食いませんか?」——なかなかできないことデスネ。

河童さんのうまい店の話に「僕、その店、知らない」とでも言おうものなら、その日のうちに、くだんの店の位置を記した手作りの地図がFAXで送られてくる。これがまぁ、メチャ精緻。そしてたいていの場合、ひどく遠い場所なのだ。これには、「うまいものを食うのに、遠いなどと言うなかれ」という強烈な示唆がこめられている。で、次に会うと、「行った?」と来るんだな。

舞台の仕事中に弁当が配られる。食べるや、割り箸の袋に記された弁当屋に電話。「あのね、ボク妹尾河童と言いますが、お宅の弁当のタマゴ焼きね……」。電話口で、相手はきっと身構えてるね。ナニ言われるんだろうか……。「あのね、……よくできてる。おいしかった」。

次の項は、僕の自己流デタラメ料理の話です。


（九月八日号）

料理について　その2

（承前）グルメというほどのことはないが、食べることは大好き。その辺りはどなたも同様だろう。その僕が、自分で調理をするようになったのは、「仕事場」にこもるようになった十数年前からである。

僕の父は、まったくやらなかった。「男子厨房に入るべからず」を生涯実践した。つれあい（僕の母ですな）に先立たれ、独りで生活するようになったら、ヤカンに湯が沸いた状態を判断できないことが判明。ガスレンジの使いかたも知らない。周囲の者は、父にガスを使わせては危険と考え、台所周りをすべて電気に改造した。

その息子（僕ですな）は、かねて湯が沸く様子を知っているし、ガスも使える。若いころから、料理に興味あり。が、生来のブキッチョ。実践はごくごくタマに、であった。

前述のように、近年だ。仕事場で僕は、自分一人のために、作る。では、その得意のレシピを紹介しよう。

ウソ。訂正。得意の、ではない。正しくは、デタラメ、いい加減、自己流。この夏も、こもった札幌の仕事場で、僕はまず、いつもの「僕流スープ」をこしらえたのだった。

鍋にたっぷりの水。ブイヨンは何でもいい。たまたまあったチキン・ブイヨンを二個ほうり込んだ。大量のニンニク（二玉くらい）を親指先大に切り、これもほうり込む。ナカミはその都度違うが、先日の例。ニンジン、ジャガ芋、玉葱、ピーマン、トマト、エリンギ。カレー用豚肉を二パックとウィンナ・ソーセージ（これはぼくの発見で、皮に包まれているせいか、スープ全体からウマミが逃げない）、塩、たっぷりの胡椒《こしょう》、ドバッと酒を振りかける。

長時間火にかけてもいいが、気が短めの僕は「圧力鍋」。三〇〜四〇分だ。で、このボルシチとも言えないせいぜいボルロクふうを食べ続けるが、飽きたころにルーをぶち込み、カレーに変身させる（先日はシチューにしたが）。

完全に自己流だ。だが、これまで食した友人たちみなが「ウマイ！」と言ってくれるので、僕はややいい気になっている。「変身レシピ」が面白いというので、昨年（二〇〇二年）「男の食彩」なるテレビ番組で、恥ずかしながら、披露させられたりもした。

照明家の成瀬一裕君のイタリアンは第一級。僕のオペラ「てかがみ」の公演の時、連日の弁当に飽きたという声を聞くや、手早く食材を買い集め、舞台裏で作ってスタッフにふるまった。「食べてる、食べてる」と実に嬉しそう。自分が作ったものを仲間が食べる。それが無上の喜びなんだ……。いいなぁ、と僕は感じいっていた。

ええと……。ほかにもお伝えしたい僕の自己流レシピ、あるんですよ。でも、またの機会に。とにかく、焦眉の急の仕事中でも、料理は気分転換になるらしく、下手なくせに苦にならない。でも結局、一番楽しいのは、食べる時なんですけれどね。


（九月一五日号）

我が家のエジプト発掘

仲間たちが企画してくれた僕の「還暦コンサート」の一つに関わって生まれた珍妙エピソード。曲目中の「タンブリンとピアノのための三つの小品」という作品。このために僕は、ドえらい苦労をしたのであった。

話は八〇年代に遡る。そのころ僕は仕事でしばしばエジプトへ赴き、「カイロ交響楽団」なるオーケストラと何度もつきあった。そのメンバーの一人、ヤッシャ・フセイン・モワッド君は、若い打楽器奏者。ある日僕に、タンブリン独奏曲を書いてくれ、と言う。タンブリンだけの曲なんて……と返事を渋ると、ホテルの僕の部屋へ来て、タンブリンのデモンストレイションをするのだった。単純な楽器なのにこんなこともできるぜ、ホラこんな面白いことも、と次々に披露。ナルホド、すごいし、うまい。僕は、その少し前に東京で聴いたスペインのオーケストラの、カスタネット協奏曲を思い出し、彼に話した。たちまち目を輝かせた彼、「協奏曲を書いてくれ！」。

いやいや、そりゃ無理、と僕。ならピアノとのデュオでいい、書いてくれないか、と彼。ついに根負け。僕は、分かったと答えた。次に来る時までに書いてこよう。

で、「次」になった。一九八八年一〇月。完全に忘れている僕。会って思い出すありさま。「何だ、書いてないのか。なら、滞在中に書いてくれ」。何しろ、熱心である。

忘れていた負い目もあった僕、承知。ホテルで書いたのが「タンブリンとピアノのための三つの小品」である。できあがって連絡すると、喜んで飛んできた。「ちょっと待って。コピーをとってくれ」と僕は言った。そこで、彼のオンボロ車で街に出た。とある角で車を停めた彼、僕を車中に待たせたままどこかへ消える。やがてコピーとともに戻ってきた彼の手に、板チョコが三枚。「これはお礼だ。ありがとう」。作曲をなりわいとして以来、最も安い作曲料。なのに、何だか嬉しかった。

翌年、東京の僕へカセットテープが送られてきた。演奏したんだ、彼……。だが、霞の向こうでかすかに聞こえるような音。どんな曲なんだ、これ……？

さて、日本で未公開のこの曲をやろう、と仲間が考えたのである。だが、楽譜、どこにある？　思い当たる所を探すが、見つからない。演奏は長年の仲間、吉原すみれ（打楽器）と高橋アキ（ピアノ）だが、会うたびに「楽譜、まだ？」と来る。当然ですよね。

秋初演の大作オペラが完成した翌日、大々的捜索。ついに発見！　本番一一日前だ。ところが一五年前のエジプトのコピーは、もう、消える寸前。いつもつきあう写譜屋が、解析・判読・浄書してくれることになった。

やれやれ……。ツタンカーメン王の怨念かな？　ほとんど古代エジプト発掘、古代文字復元である。でも、いっときは捏造《ねつぞう》まで考えたんですよ。つまり、あの時エジプトで書いたという設定で実は今、書いちゃう！……やらなくてよかった、と安堵の、僕です。

（九月二二日号）

夜空、そして星……

火星が地球に大接近。何万年ぶりだっけ……？　とにかく、天文ファンでなくても、いっせいに夜空を見上げるきょうこのごろだ。加えて先日（二〇〇三年九月九日）、仲秋の名月の前々夜だったが、火星は月の右下に濁点のようにくっついて見えた。もちろん、火星は月よりはるか遠方だから、ぶつかりそうと思ったわけではない。だが、明るい月にそんなに近くにあればふつう消されてしまう小さな星が、負けずに赤く光っている。あたかも空の二人が仲良く会話を交わしているようだった。何だか微笑ましかったのである。

ギリシャに限らず古代の人間たちは、夜空を見上げては、そこに動物や神を想い、あるいは壮大な物語を聞いた。科学が進歩し、星が、あるいは宇宙の構造などが判明してきても、そこに託す人間の想いはたいして変わらないのではないか。

僕は、べつだん「天文ファン」ではない。でも、好きだった。先般閉鎖した東京・渋谷の東急文化会館内「五島プラネタリウム」に、中学生のころ、よく通ったものだ。当時プラネタリウムは、日本にまだ二、三カ所だったのではないか。ドイツのカール・ツァイス社製のものすごく高価な機械、という触れ込みだった。毎月テーマが設定され、解説員の楽しい話を聞きながら、人工の「満天の星空」に酔いしれた。たぶん僕は、天文に精通したいと願っていたのかもしれない。

ずっとのち（八〇年代半ばだ）、僕は仲間たちとエジプトの南部、スーダンに近い砂漠の小さな空港にいた。そこは、有名な古代遺跡「アブ・シンベル神殿」があるところ。アスワン・ダムの底に沈んでしまうというので、ユネスコ主導で丘の上に移築したのだが、何せ砂漠の真ん中。他には何もない場所だ。飛行機がここの空港に降り立つと、客はバスに乗り換え、神殿を見て空港へ戻る。すると、乗ってきた飛行機が待っていて、ふたたびそれに乗り込み、帰る、というシステムになっている。だが、駐屯の兵士搬送の関係で、ごく稀《まれ》にシステム通りいかないことがある、という話だったが、この時がそれだった。戻っ

たら、我々の飛行機が、いない。別な機材が到着するまで何時間か分からぬが、待つしか

ない。

陽が傾きだす。〽サーバクーニヒガオチテ、ヨールトナールコ〜ロー……誰かが歌って

いる。まさにその光景だ。やがて漆黒の闇。だがたちまち、降るような星空が僕たちの頭

上に広がったのである。するとよくしたもので、仲間の中に星に詳しいのがいるんだな。

見える星のそれぞれについて科学的な話を、また神話を次々に披露。僕たちは聞き入った。

時間の経つのも忘れていたな……。天文に詳しくなっていたかったなぁ、とつくづく僕は

思った。

そのうち代替え機が到着。砂漠の小さな空港での一晩を覚悟していた僕たちは、何とか

無事にアブ・シンベルをあとにしたのだった。

（一〇月六日号）

水で苦労した話

ここに一冊の文庫本。《非売品》だ。「第一八回国民文化祭・やまがた二〇〇三」記念出版で、井上ひさし選『水』という本。古今東西の、水に関するさまざまな文章が集められている。非売品をなぜ僕が持っているかというと、僕はこの国民文化祭のために新しいオペラを作曲したわけ。山形が生んだ作家・藤沢周平の短編による「小鶴」という作品（本書四二ページ参照）。曲はこの夏仕上がり、目下初演に向け猛練習中だ。先日その仕事で行った山形で、この本をもらったのである。帰路の列車内で読破した。

「はじめに」の欄の井上さんの言葉。

——人間はみんな水が好きなのです。なにしろ、わたしたちは水のなかから生まれてきたのですから。（中略）たとえば、わたしたちのからだの六〇パーセントは水ですし、脳の八〇パーセント、そして血液の八二パーセントが水ですから、わたしたちは、まるで水が洋服を着ているようなものなのです。――

僕たちは、水が美しく豊富な国土に住んでいる。だから、日本人は水と空気は（平和も、とつけ加えるべきか……）タダだと思っている、と言われてきた。僕が初めて海外の土を踏んだのは六〇年代終わりごろのインドで、「水道の蛇口から水を飲まない」ことの初体験はその時だった。売られている水の衛生度も危ういと聞いたので、もっぱらビールを飲んでいた記憶がある。インドからさらにヨーロッパに入り、石灰質の水道水が飲めないフランスで、初めて「エビアン」とか「ヴィッテル」などブランド水を買ったんじゃなかったかなぁ。水をわざわざ買うなんて……、と典型的日本人の発想で思ったものだった。

ずっと後のある時、僕はザグレブという町にいた。内戦の結果ユーゴスラヴィアから分離独立したばかりのクロアチアの首都である。水は、もちろん買った。大きなボトルしかなく、ホテルの部屋の冷蔵庫に入らない。（あるいは冷蔵庫はなかったかもしれない。とにかく、）それを僕はデスクに置いた。出かける時、半分以上まだ残っているボトルを見て、ハタと考えたね。掃除の係が片付けちゃうかも……。「このボトルをここから動かさないように」と英語で書いたメモを傍らに置いて出た。ところが……。

戻ったら、なかった。英語を知らないのだ、ここの人は。仕方なく、でかいボトルを再び買った。しかるのち、本屋で英語↓クロアチア語の辞書を所望。店員は百科事典のように分厚いのを持ってきたから、いや小さいのにしてくれと言うと、今度は超ミニ辞書。まぁいいや。で、それをめくり、苦労してクロアチア語の単語を並べ、ボトルのわきに。戻ったら、あった。置いてあったぞ！

今や、日本でも「水はボトルで買うもの」になってきた。「タダじゃないがコンビニで簡単に手に入るもの」だ。しかし、苦労すると分かるんですよ、水のありがたみ……。

井上ひさしさんの言葉どおり、「人間はみんな水が好き」なんだなぁ。

（一〇月一三日号）

でかい鞄

先日の、僕の還暦記念コンサートのチラシに僕の漫画的似顔絵がデザインされていたのだが、これが似てるというので友人たちはしきりに面白がり、からかいの好素材を見つけたという感じであった。

いや、からかわれてイヤだったわけではないですよ。僕自身も、似てるなと思ったし、うまいもんだとうなったね。さらに苦笑いしたのは、その絵の僕が重そうに膨らんだ黒い鞄をぶら下げていること。そうか……。そういう印象なんだ、僕……。たしかにそうだな……。

僕の性癖なのである。作曲家がみな同じわけではない。たとえば故・武満徹さんは、いつもほとんど手ぶらだった。「僕はダメですね」と武満さんに話したっけ。「ちょっとした用事で近所に出かけるのだって、何か持っていなきゃダメなんです。手ぶらだと、忘れ物をしたんじゃないか、と絶えず気になっちゃう」

何か持つどころではない。たとえばある日の僕の行動。午前中、劇団Aへ。担当中の芝居の稽古を見る。午後Bホールで僕の企画コンサートの打ち合わせ。次にC文化財団で会議。夜はDホールでコンサートを聴き、終演後ホール隣のホテルでE出版社の係と会う。

毎日がこんなに混んでいるわけではないが、しかししばしばあるパターンだ。こういう場合、僕は何を持っているか。

まず劇団Aの芝居の台本。Bホールの企画に必要な楽譜五冊。C財団から事前に郵送されている会議資料。D、Eには持参するものはたいしてないが、読みかけの本、五線ノートに原稿用紙、時にはモバイルのパソコン、筆記具、もちろん手帳および電子手帳。前者には今年の予定、後者には来年以後の予定やアドレス、さまざまなデータが入力してある。

貧乏性なんだな。これだけ動く合間に、空き時間ができるかもしれないじゃないですか。すると、喫茶店などに入る。そこの混み具合、静けさ具合、雰囲気具合等々により、読みかけの本が読めるか、原稿が書けるか、あるいは作曲のメモくらいとれるか……。どうなるか分からんから、可能性のあるものは持っていたほうがいい。

だいたい、僕はどこでも仕事できるタチなのである。というより、場所が変わるほうがはかどるタチ、というべきかもしれない。

先週僕は、津山国際総合音楽祭（岡山県）に行ったのだが、僕の作品を含むコンサートでしゃべる仕事は夜。それまでの間、どこかで仕事したいと申し出た。ホールの係は快く、グランドピアノが置いてある広いリハーサルルームを、どうぞご自由に、と開けてくれた。窓外の光景を時々楽しみながら、僕はそこで書きかけのオペラを、先へ進めたのである。こういうこと、実はしょっちゅうなのだ。

だから、でかい鞄。手ぶらに憧れることもあるんだが、いまのところ漫画に書かれても仕方がないんですな。

（一〇月二〇日号）

合併

民主党と自由党が合併。衆参両院で二〇〇人を超える勢力になった。だが、政党の「合併」なんて、どうも釈然としない。政党とは、思想や考え方の上で同じ、あるいは互いに近い人たちの集まりだと思っていたが、実は、単に多数決原理で勝ち、権力を得るための方法論上の便宜的集団だったと、これでバレたわけ（一方、政権政党自民党は、先日の総裁選挙で明らかだったように内部はバラバラ。幾つかの新政党に分離独立したほうがいいんじゃない？）。

などと書いていたら、衆議院解散（一〇月一〇日）。与党も野党も、やたら「マニフェスト」と叫び出した。政権公約のことだってサ。この言葉、いつからこんなに使われるようになったのかな……。外来語でなく日本語表記を、と文部科学省が提唱している一方で、政治家たちが「マニフェスト」ですよ。何か、ちょっと妙だな……。

ところで、街を歩いていて遭遇する新築ビルの工事現場などには「○○建設と△△組のジョイント・ヴェンチャー」なんて書いてある。航空会社は、「この便は当社と○○航空とのコード・シェア便です」などとアナウンスしている。

つまり、合併まではいかない「合弁」や「提携」であるわけだが、これらは、もう日常茶飯事。そして「合併」は、今やあらゆる方面でブームである。一番目立つのは銀行だろう。あまりに頻繁なので、自分が関わっている銀行が何ていう名前だったか、分からなくなるほどだ。

学校の合併も多いみたい。正確には「統合」と呼ぶようだが、たとえば町内三つの小学校が一つにまとまる、など。そのせいで、僕はこのところ、絶えず「校歌」の作曲に追われている。校歌の作曲を依頼されるのは、新しい学校ができた時か、古い校歌ゆえに歌詞の意味すら理解できないから作り直そうという場合だが、イマドキ新しい学校がそうそうできるはずはないと思っていたら、違ったのである。しかし統合により、突然学校がえらく遠くなってしまった子どもたちは大変だ。行政はスクールバスなどで対応しているようだが、道草食いつつ遊びつつ、勝手な時間の下校ができなくなっちゃったのではないか、と余計な懸念を抱いてしまう僕なのだ。

そして大問題は、市町村合併。全国でその嵐が吹き荒れている。行政の仕組みとして、市町村の絶対数を減らしたほうが効率的なのかどうか、門外漢の僕にはよく分からない。けれども、効率とか能率とか経済的とか、そういうことだけが、豊かさや住みやすさをもたらすとは、とうてい思えないのである。そこに住み、長く愛着を感じている地名が消えたり、変わったりしてしまう。そのことに耐え難い気持ちを抱いている人も少なくない。目先の利益のみを追い、のちにやっぱり分離、なんてことにならぬよう、熟慮を願いたいものだ。

（一〇月二七日号）

選挙違反

衆議院解散。まもなく選挙である。

選挙が近づくと、必ずかかってくるのが「○○候補をよろしくお願いします」という電話だ。腹がたちます、これ。

だって、こちらがどんなに集中力を必要とする仕事をしているか、なんておかまいなしなのだ、相手は。で、どういうわけか、ことさら集中している時にかかってくるんだな、これが……。思わず「電話をかけてきた候補者には、金輪際投票しませんよ！」なんて叫んじゃったこともあったっけ。不動産案内、墓地の案内、カネを増やすためのお得な情報その他いろいろ電話はかかってきて、困るのは同じだが、これらは相手も商売。電話商法、まぁ分からんこともない。また政治的な信念や主張を伝えたい電話なら、なるほどとも思う。だが、選挙の「よろしく」は別だ。

法律はさっぱり分からない僕だが、もちろんこれは、法的に許されている範囲内の行為なんだろう。だが、やめていただきたいですな、あれは。

しかし、どうもおかしいと、いつも思う。相手の意図を測りかねるのである。いったい、電話をもらったからという理由で、その候補に投票する人がいるんだろうか。この疑問を敷衍《ふえん》していけば、選挙違反の話に当然行き着く。

選挙権者を集めて宴会を催す。選挙権者にナニガシかの金をつかませる。ちょっとした品物を贈る。——こういった「古典的」違反が、いまだにアトを断たない。実に不思議だ。だって、酒を飲ませてくれたから、金を、また品物をもらったから、だからアノ人に投票しよう！　と、どうして考えるわけ？

飲ませ、つかませ、贈った側も同様だ。そうしたからといって、「票をたしかに獲得した」と何故信じることができるわけ？

僕がもし、飲まされ、つかまされ、もらったとしたら、飲み、つかみ、もらったァ……で終わりにしちゃうね（でも、これも違反です。もし、の話）。つまり、だからといって投票などしない。「ハイハイ、大丈夫。あなたに投票しますよ」と調子のいいことだけ言って、実は、しないね。なぜなら、すでに自分で決めた候補がいるもの。人に言われて、まして請われて投票など、しませんよ。

そこでだ。「飲まされ、つかまされ、もらったら最後、絶対その人に投票しない」という国民的コンセンサスを作れないかな……。運動を起こすわけ。もちろん「投票依頼の電話をもらっても」も追加。しかし投票しなかったら、すぐバレちゃう、という地域があるかもしれない。だが、もしバレたとしたって、スネに傷ある候補者。そのことを攻撃なんてできないはず。

で、全く効果がないことが判明すれば、誰もそんなことやらなくなるでしょ？　運動なんて大仰な形でなくても、「うねり」でいい。

「《クリーンな選挙》が候補者のキャッチフレーズになり得ること自体こっけいだァ」と、皆で声高に叫ぼうではないか！

（一一月三日号）

祝日

一〇月二日は「豆腐の日」だった。「十（とお）」と「二（ふ）」だ。四日は「イワシの日」。「一〇四」が「い・わ・し」と読めるから。五日は「シャツの日」。一八七七年、横浜で初めてシャツが国産された日だから。

以下、由来来歴は省くが、六日は「国際協力の日」、八日は「木の日」、九日は「世界郵便の日」および「塾の日」でした。

知ってた？

知らないよね、ふつう。僕も、今調べたのです。でも、こういう日は、関係者が知っていて祝えば、それでいいでしょう。

さて、そして、一〇月一〇日は、何の日でしたか？　そう、「体育の日」でした、かつては。

一九六四年、東京オリンピックの開会式がおこなわれた日なんである。

だが……。

たった今僕は、「かつては」と書いた。

一〇日だったのは一九九九年まで。二〇〇〇年から、「体育の日」は一〇月第二月曜ということになった。日曜と併せて、連休だ。でも、これで分からなくなっちまったのだァ！

つまり、だから今年（二〇〇三年）の「体育の日」は、一〇月一三日だったわけで、もちろんこの日は、それにちなんだイヴェントなどが催されたようだった。しかし、まず大半の人は、そんなことと無関係に、単に休日を楽しんだにすぎなかったのではないだろうか。

子どものころ、学校が休みになる祝日は当然うれしい日だったが、一方、「きょうは何の日？」と考える日でもあった。

それが昨今、「体育の日」に限らず、祝日とは「何だか分からないがとにかく休みの日」に変化しつつあるような気がする。

どうしてそうなったか、にはさまざまなワケが考えられるが、ひとつには「体育の日」のように、年により日が違う祝日があることも関わっているんではないか。去年（二〇〇二年）は一四日だった。来年は一一日、再来年は一〇日……。

「成人の日」も同様。「おとなになったことを自覚し、みずから生き抜こうとする青年を祝い、励ます」ことが趣旨のこの日は一九四八年制定。一月一五日だった。だが二〇〇〇年から、一月第二月曜日に。かくして連休。

年により日が異なるのは、自然現象に決定権がある「春分の日」と「秋分の日」だけでいいんじゃないかな、と僕は思う。

「豆腐の日」や「イワシの日」は、まぁ、祝日にはならんだろう。豆腐もイワシも大切には違いないが、国民こぞって祝おう、というのとも、ちと違う。こぞって祝おうという日だけが、祝日で休みになる。それはいい。

だが、日本ほど「休日」の多い国はないのではないか。「憲法記念日」と「こどもの日」に挟まれた「国民の休日」（五月四日）なんてのまである。連休がたくさん、も優雅ではあるが、国家制定でいっせいにスローライフ、てのも、何か変だなぁ。これは「個」か「民間」の領域だと思うんだが……。

（一一月一〇日号）

動けば季節変化

ついこの間。僕は秋の札幌におり、仕事場近くの円山公園で、幾層もの枯れ葉を踏み締めつつ歩いた。木々はすべて黄色だ。一方、都心の中島公園はカラフル。真紅、茶色、黄色、紫……。それらが池に映って美しい。一〇月下旬、札幌はすでに晩秋の風情なのであった。

札幌から飛行機で大阪へ飛び、神戸へ移動。常宿は六甲を背負って建つホテル。窓から見る山、まだ緑色じゃないか……。札幌で着ていたコートをクロゼットにしまい込む。日本も広い。動けば季節が一つ、とは言わないが、半分違うみたいだな……。

これがグローバルな規模になると、段差はドラスティックだ。秋のイスタンブール（トルコ）から帰国の途についたのは随分前。トックリのセーター姿で飛行機に乗った。しまった、この便、途中タイのバンコックに立ち寄るんだった……。飛行機を降りる際のブリッジなんてまだないころ。タラップを降り、歩いてターミナルビルに入る。むっとした熱気がたちまち僕を包んだ。だがセーターの下は肌着。脱ぐわけにもいかないし、他の服は預けたスーツケースの中。参った……。

中国。広州は夏だった。そこから飛んだ瀋陽は初冬。夏服の僕、瀋陽で震えた。まぁ、この時は立ち寄りではなく到着だったから、急いで冬服を取り出し、事なきを得たが……。

笑い話もある。これは十数年前の八月末。オーストラリア、シドニーでの作曲家会議に出席した。二泊三日。何しろあわただしかった。南半球の季節が逆であることは、むろん分かっていた。だが、パジャマまでは気が回らなかった。春近しのシドニーのホテルはもう暖房が入らない。夜、寝ようとした僕、寒くてかなわん。とても寝つけない。寒いのは腰まわり。上半身の簡単な冬服は持参していたが、腰を暖かくしてくれるものがない。

何かないかな、と探すと、スーツケースに毛糸のチョッキ。これしかないな……。チョッキの、腕を通すべき二つの穴に両足を入れ、はいた。うん、これで眠れるかな。思わず部屋の鏡に目がいった僕は、愕然。想像してみて下さい。チョッキを、着るのではなく、はいた姿を……。ひどく情けなかったっけ。

この夏僕が作曲した無名塾のミュージカル「森は生きている」には、一二の月の精たちが、あっという間に季節を移ろわせるシーンがあった。そんなこと、現実にはあり得ないと思うでしょ？ でも、中国・雲南省の昆明《クンミン》で故・杉村春子さんにうかがった話だが、同省最南端の西双版納《シーサンパンナ》へ向かえば、道中、四季の変化を味わうことができるのだそうだ。動いて季節変化を体験する。こりゃ、一種のタイムマシンじゃないか。

こういうこと、楽しい。それは、多くの人に共通の心だろう。だとすれば、政治の世界にも、ドラスティックな季節変化を望んで当然だ。動いて、衆議院選挙の結果を「季節変化」させたいな。

（一一月一七・二四日号）

頭の痛み

あれは一体、何の痛みだったんだろう。

子どものころ、何かの拍子に、針で刺されたような痛みを頭のなかに感じることがあった。頻繁にではない。年に二、三回か、あるいはもっと少なかったか……。それは本当に一瞬で、しかも広い面積ではなく、文字通り「点」の痛みでしかなかった。だから「ズキン！」というより「チクン！」の感じだったな……。小学校六年の僕、友の家から帰る夕暮れの道すがら、近所の米屋の前でイテッと感じ、思わず立ち止まる。それが、この痛みに関して、僕が覚えているラストシーンだ。

しかし、子どもなりに、僕は密かに恐れていたようだ。この痛みは、何か重大な血管の欠陥なんじゃなかろうか……、いつかこれは取り返しのつかない形に増殖し、僕はそれで僕の生命に終止符を打つのじゃないだろうか……、と。この痛みについて、父や母に話したことはない。子どもごころに、これは黙っていたほうがいい、と考えていたのだろう。以来、とうとう僕は誰にもこのことを話さなかった。と言って、重要なことを隠しているというつもりもなかった。日常、本人が完全に忘れているのだもの。で、この話を、家族も親友も含め他者に伝えるのは、この稿が初めてなのである。

幼少期、僕はひどく病弱だった。すでにお話ししたと思うが「小学校浪人」だ。つまり病気で就学が一年遅れたのである。

家で臥《ふ》せっている日々だった。戸外で跳びまわることはできないが、その代わりピアノのデタラメ弾きや、つたない絵本作りやラジオを聞くことで、幼い僕はある程度満たされていた。だが、ある日、医者のS先生が母に宣告する声を、ふすま越しに聞いてしまう（実をいうとそうではなく、ずっと後日母から聞いた話かもしれない。不確かな記憶。その辺の細かいことは、母がもういない今となっては、確かめるスベもない）。「この子は、大人になるまで生きるのは無理ですな。せいぜいハタチくらいでしょう」。

だからだと思う。小学生である本人は、小学生なりに、この痛みがもし大変なことにつながっているとしても、そりゃぁ仕方がないさ、という感じだったのだろう。いつも一瞬の「イテッ」でコトは終了し、いささかもアトを引かなかった。

しかし、小学校へ入って以後、がぜん丈夫になり、ほとんど病気らしい病気もせずに今日に至っているのに、あのラストシーン以後皆無で、ずっと忘れていたあの痛みのことを、僕はなぜ急に思い出したのだろう。

「残高ゼロ」を意識しはじめたのかな。つまり、子どものころの病弱を、ヒトが生涯のある年齢までにするであろう病気を早期にやってしまったもの、と解釈しているフシがある僕としては、そろそろその貯蓄を使い果たす時期かな、気をつけろ！と感じているのかもしれない。どんなに頭を振っても、あの痛みはもう決して起こらないのではあるが……。

（一二月一日号）

デモクラシー

今回の衆議院選挙（第四三回衆議院総選挙。二〇〇三年一一月九日）。僕が投票に行った時は、いつにも増して投票所が混み合っていた。こりゃ今回の投票率は高いぞ、と直感。ところが周知のとおり、事実は違ったのである。このことにまずがっかり。

だが、もっと失望したのは、自民党と民主党という二つの政党に収斂《しゅうれん》する構図が作り出されてしまったことだ（前にも書いたが、日本の幾つかの政党名は、自由・社会・民主という三つの単語の組み合わせ方の差異だけだ。もうちょっと明確にナカミの思想を表明する名前にならないのかねぇ。もっとも、ナカミの思想が希薄なんじゃ仕方ないが……）。

しかもこれは巷間《こうかん》言われているように、完全なマスコミ操作だ。「マニフェスト＝政権公約」という言葉がやたらに飛び交い、いわばキャッチフレーズばかりが目立つ選挙だったと言えるだろう。

これは、問題ですよ。与党・自民党は、うまくいってないさまざまも今後はうまくいくと言い、野党第一党・民主党は政権をとったらああします、こうします、と言う。どうも釈然としないね。どうしても、おいしい話、夢物語を並べることになる。むろん選挙とは、どんなに少数の政党にとっても、政権獲得のための議席数を目標になされるものなのかもしれない。だが、現下の問題の具体的な解決策を傍らに置いて夢物語ばかり並べるのは変だ、と思うのである。

だが、とにかく衆議院は、二党対立の構図になってしまった。いかに連立内閣の一員とはいえ一応別な政党のはずだった保守新党なんて、党首が落選したら、いとも簡単に自民党に溶け込んでしまった。呆れるほかはない。

こうして、少数野党すなわち少数意見がますます封じ込められる傾向になってしまうことは、実は恐ろしいことではないか、と僕は危惧《きぐ》する。この現象は明らかに、ある種のゆがみだ。どこか、おかしい。

戦後民主主義の行き先が、これ?

子どものころ読んだ漫画を、僕は思い出している。「デモクラ・シーちゃん」という漫画だった。どんな筋書きだったか、誰の作か、何も覚えていない。覚えているのは、シーちゃんがかわいい女の子だったことくらい。そう、デモクラシー(民主主義)という言葉は、子どもにさえ新鮮だったのだ、あのころ……。

とは言っても、小学校に入るか入らないかの子どもが、民主主義の何たるかを理解していたわけはない。しかし、子どもごころに僕は信じていたような気がする。民主主義って、誰でも言いたいことを言えること、どんなに小さな意見でも尊重されることなんだ、と。

その前の時代がそうではなかったことを、おぼろげに大人から聞いていたのだろう。

それが次第に、多数決原理だけが大手を振るようになり、多数じゃない意見は捨てられる傾向になってきた。これは真の民主主義ではない。マスコミは今、このことをこそ真剣に糾弾しなければいけないのではないか。

(一二月八日号)

もの作りの心

佐賀へ行った。

伊万里《いまり》を訪ねる仕事が含まれていた。いわずと知れた伊万里焼の里である。伊万里焼は、佐賀鍋島藩の藩窯であった。豊臣秀吉が朝鮮からの専門家に依頼して最良の「土」を探させたら、この土地が見つかった。それが始まりだそうだ。

鍋島藩はこの優れた焼物の製法が外に漏れるのを恐れ、険しい山を背負った狭い地域に製作者たちを集め、その地域内での生活を命じた。焼き方から色使いまで独特の「伊万里焼」が守られてきたのは、そのためだという。

大川内山《おおかわちやま》と呼ばれるその地域の、中でも一番高い所にある「光山窯」を、僕は訪ねた。

一九代にわたって伊万里焼を継承してきた市川浩一さんの窯だ。もちろん「名人」である。名人などというと、何やらいかめしいが、四〇歳代半ばくらいかな。静かな、温かい感じの方。作品が並べられている部屋で少し話をうかがったあと、工房に入った。

市川さんが、土をこねる。まさに力仕事。市川さんの額からこぼれ落ちる汗……。こねた土をロクロに乗せる。ロクロが回る。見る見るうちに土は円筒形になり、さらに美しい姿に変わっていく。作業をしながら、市川さんが語ってくれた。

爪が伸びていると、この作業はできない。指先が爪でなく肉の状態でないと駄目。伊万里焼を学ぼうと外からやってくる人たちは、ロクロ作業で爪がひっかかってなかなかうまくいかない。ところが、自分は生まれた時からこの環境にあって、どうも初めからそういう爪をしているらしい。この地域の人はみな、そうなんです。

僕も、指先を触って爪が感じられると、気になって仕方がないタチだ（本連載第三七〇回「爪切りの話」で書いた。『言葉と音楽のアツイ関係　空を見てますか…5』所収）。ロクロ作業に適しているかな。だが、生まれつきではない。しょっちゅう切っているもの。

さらに、市川さんは言う。

土は、思いどおりにいかない。形を作っても、元の形に戻ろうとするし、重い成分が沈もうとする。それを、なだめすかして、少しずつ、こちらの意思を浸透させていくんです。

これには、真実驚いた。僕が、作曲についてしばしば思うことと同じなのだ。

音には意思があると感じるのだが、このごろ、分かりやすい例えを思いついた。犬の散歩だ。ほら、よく見かけるでしょ。飼い主が引く方向を犬が嫌がり、反対方向に首をねじって、鎖が伸びきったりしているのを。音は、あの犬のように、自分の意思を持っている。僕はそれをなだめすかして、僕の行きたい方へ音を誘導したり、時には音の言うことをきいてやったりする。決して、すべて思い通りに音を配置しているのではないのだ。

そうか……。陶磁器（伊万里焼は正確には磁器だという）作りも作曲も、もの作りの心は共通しているんだ。僕は、何だかむしょうに嬉しくなったのであった。

（一二月一五日号）

外交官の死

イラクで、二人の日本外交官が殺害された。目撃者の証言などにより、今やテロであったことが明らかだ。フセイン元大統領直属の諜報機関「ムハバラド」の犯行という説が強くなっている。

ついに、という感じだ。ショックである。だって、殺されたのは、イラクの復興のために力を尽くしていた現役外交官、文民の奥克彦参事官と井ノ上正盛書記官。井ノ上さんはアラブ語の専門家だった。

いっときエジプトやレバノンで仕事をした僕は、アラブ圏で働く現地語の達者な外交官を幾人も知っている。彼らは言葉に堪能なだけでなく、アラブが好きなのだ。アラブの女性と結婚したり、イスラム教に入信したりした人もいる。殺された二人も、アラブが好きだったろう。どんなにか残念、というより、なぜ殺されなければならないのか、分からぬうちに息を引き取ったにちがいない。

イギリス、イタリア、スペイン、トルコ、韓国……アメリカと歩調を合わせようとしている国が、みな狙われている。今のところ軍事派遣をしていない日本は、文民が標的になったのだ。もし、自衛隊が派遣されていたら、どうなっていただろう。「自衛隊派遣は非戦闘地域に」と日本の首相は言う。南東部のサマワという地区を考えているらしい。そこは治安もよく、日本の自衛隊を歓迎するムードだという。しかし治安がいいのは、現実として、自衛隊が来ていないからだ。いざ入ったら、たちまち治安は悪化し、冒頭に書いた「ムハバラド」などが狙いを定めてくることは必至。現在、イラク国内に安全地域などないのだ。自衛隊の現地での任務は、医療や水の確保、学校の補修などであり、軍事任務ではないと政府は言うが、相手（たとえばムハバラド）にとって問題はそういうことではないだろう。アメリカに協調しているか否か、なのだ。今回の二人の外交官の死が、そのことを教えてくれている。

その自衛隊派遣だが、今回のアメリカの協力要請に関し、日本の憲法上派兵は不可能である、と最初から答えていれば、先延ばしも迷いもなかったのだ。アメリカの占領政策にではなく、イラク自身による復興を支援するのが日本の姿勢だ、と答えていれば……。

軍事協力ができない日本が、世界に対し申し訳なく思ったり、恥ずかしく感じたりする必要は全くないはず。日本は、未来を見据え、人類の究極の在りかたを示唆する、理想的な憲法を持つ国なのだから。もしもそれが世界から理解されないのだとしたら、それは世界がいまだ理想にほど遠く、理想を考える余裕がないからだ。だからこそ、日本はこの憲法の精神で世界を牽引《けんいん》するべきなのである。

この憲法、自国の崇高な憲法に、誇りをもてない為政者、というのが、何とも悲しい。二人の外交官の死を機に、日本の姿勢の、毅然たる方向への転換を、心から望みたい。

（二〇〇三年一二月六日執筆）

（一二月二二日号）

地球の九条もしくは南極賛歌

作詞　柴田鉄治

1　南極は　地球の九条だ
国境もない　軍事基地もない
人類の　理想を実現　平和の地

2　南極は　素敵な自然の楽園だ
ペンギンがいる　アザラシがいる
生き物が　共存共栄　豊かな地

3　南極は　宇宙に開く地球の窓だ
オーロラがある　隕石がある
なぞを解き　未来をさぐる　科学の地

4　南極は　地球環境のモニターだ
氷を掘る　オゾンを測る
力あわせ　環境守る　モデルの地

5　南極は　地球の憲法九条だ
戦争なくし　人類仲良く
世界中を　平和に変える　魔法の地

「地球の九条もしくは南極賛歌」収録に添えて

本書「はじめに」でお話している「調布九条の会」で初演された僕の合唱曲は、やや珍しい経緯で生まれたものだ。二〇〇八年か〇九年ごろ、横浜で楽器商を営む旧知の福田光雄氏に、日本ジャーナリスト会議メンバー・小島修氏を、さらに小島氏に、やはり日本ジャーナリスト会議メンバーの柴田鉄治氏を紹介された。その際、越冬隊随行を含む南極の取材をつづけてこられた柴田氏から一篇の詩が送られてきた。作曲してほしいという手紙が添えられていた。

僕は、すぐに作曲したいと思った。が、初演や録音の日時が決まっているものを優先せざるを得ない日常……。

着手する機会が見つからないままに、日はどんどん過ぎて行く。どうなりましたでしょうか、という手紙も柴田さんから届く。何とかしなければ……。そこへ、調布の話が飛び込んできた。これを初演の機会にしよう！　詩をいただいてから数年が経過。「日本のうたごえ」委嘱という形をとって、ようやく作曲。思いを果たすことができた。

ところが、脱稿後すぐに出版されたので、どこかで演奏されたかもしれない。調布の二週間前には、神戸で僕自身が指揮をしている。だが、調布には前記福田、小島、柴田三氏が関わっており、小島さんは合唱団の一員でもある。調布を初演の一環と言うことは許されるだろう。

柴田さんが本来の意味で用いた「もしくは」をタイトルに組み入れたのは僕。「地球の九条もしくは南極賛歌」という長いタイトルにしてしまったのだった。

地球の九条
もしくは南極賛歌

詞　柴田　鉄治
曲　池辺晋一郎

Sop
Alto
Ten
Bass
9
mf
cresc.
f
こっ きょう も な い ぐん じ きち も な い じ んる い の り そう を じつ げん
こっ きょう も な い ぐん じ きち も な い じ んる い の り そう を じつ げん
こっ きょう も な い ぐん じ きち も な い じ んる い のりそう を じつ げん
こっ きょう も な い ぐん じ きち も な い じ んる い のりそう を じ つ げん
F B♭ C7 F A7 Dm
13
B
へ い わ の ち な んきょくは すてきなし ぜん の
へ い わ の ち な んきょくは すてきなし ぜん の
へ い わ の ち な んきょくは すてきなし ぜん の
へ い わ の ち な んきょくは す て きなしぜんの
C7 F F Dm

Sop
Alto
Ten
Bass
17
ff
mf
らくえんだ
ペンギンがいる
ペンギンーがいる
A♭ F C7 F7
20
cresc.
f
アザラシがいる
いきものが
いきもの
アザラシーがいる
きょうぞんきょうえい
ゆたかな
B♭ C7 F A7 Dm C7

C
Sop
Alto
Ten
Bass
ち
F
F
A♭
D♭
ff
Sop
Alto
Ten
Bass
C♭
A♭7
Cm
F
B♭7
rit.
E♭

D 少しおそく
Sop
Alto
Ten
Bass
mf
なんきょくは うちゅうにひらく ちきゅうの まどだ
なんきょくは うちゅうにひらく ちきゅうのー まどだ
なんきょくは うちゅうにひらく ちきゅうの ーまどだ
なんきょくは うちゅうにひらく ちきゅうのーー まどだ
E♭ A♭ Fm Cm D7 Cm G
cresc.
f
オーロラがある いんせきがある なぞをとき みらいをさぐる
Fm B♭ E♭ A♭ E♭ Dm7(♭5) C7 Fm

Tempo I
Sop
Alto
Ten
Bass
かがくのち
かがくのち
かがくのち
かがくのち
B♭7
E♭
F
E
Sop
Alto
Ten
Bass
なんきょくは ちきゅうかんきょうの モニターだ
なんきょくは ちきゅうかんきょうの モニターだ
なんきょくは ちきゅうかんきょうの モニターだ
なんきょくは ちきゅうかんきょうの モニターだ
F
Dm
A♭
F
C7

48
Sop
Alto
Ten
Bass
mf
cresc.
f
こおりをーほる　オゾンをはかる　ちからあわせ　かん きょう まもる
こおりをーほる　オゾンをはかる　ちからあわせ　かん きょう まもる
こおりをーほる　オゾンをはかる　ちからあわ　せ かん きょう まもる
こおりをーほる　オゾンをはかる　ちからあわ　せ かん きょう まもる
F
B♭
F
A7
Dm

52
Sop
Alto
Ten
Bass
F
mf
f
モデルのち　なんきょくは　ちきゅうのけんぼう
モデルのち　なんきょくは　ちきゅうのけんぼう
モデルのち　なんきょくは　ちきゅうのけんぼう
モデルのち　なんきょくは　ちきゅうのけんぼう
C7
F
F
Dm

56
Sop
Alto
Ten
Bass
ff
mf
きゅうじょうだ
せんそうなくし
せんそうーなくし
Ab
F
C7
F7
59
cresc.
f
じんるいなかよく
せかいじゅうを
へいわにかえる
せかいじゅう
へいわにかーえる
B♭
F
A7
Dm

62
Sop
まほうのち
Alto
まほうのち
Ten
まほうのち
Bass
まほうのち
C7
F
C7
F
ff

池辺晋一郎（いけべ　しんいちろう）

作曲家。1943年水戸市生まれ。67年東京芸術大学卒業。71年同大学院修了。池内友次郎、矢代秋雄、三善晃氏などに師事。66年日本音楽コンクール第１位。同年音楽之友社室内楽曲作曲コンクール第１位。68年音楽之友社賞。以後ザルツブルクTVオペラ祭優秀賞、イタリア放送協会賞３度、国際エミー賞、芸術祭優秀賞４度、高尾賞２度、毎日映画コンクール音楽賞３度。日本アカデミー賞優秀音楽賞９度などを受賞。97年NHK交響楽団・有馬賞、02年放送文化賞、04年紫綬褒章。現在東京音楽大学客員教授、全日本合唱連盟顧問、東京交響楽団理事、日中文化交流協会理事長、東京オペラシティ、横浜みなとみらいホール、石川県立音楽堂ほかの館長、監督など。作品：交響曲№１〜９、ピアノ協奏曲№１〜３、チェロ協奏曲、オペラ「死神」「耳なし芳一」「鹿鳴館」「高野聖」ほか室内楽曲、合唱曲など多数。映画「影武者」「楢山節考」「うなぎ」TV「八代将軍吉宗」「元禄繚乱」など。演劇音楽約470本など。2009年３月まで13年間TV「N響アワー」にレギュラー出演。

著書に『空を見てますか…』第１巻〜第５巻（新日本出版社）のほか、『人はともだち、音もともだち』（かもがわ出版）、『音のいい残したもの』『おもしろく学ぶ楽典』『ベートーヴェンの音符たち』『モーツァルトの音符たち』（音楽之友社）、『スプラッシュ』（カワイ出版）、『オーケストラの読みかた』（学習研究社）など。

空《そら》を見《み》てますか…６　音楽《おんがく》の力《ちから》、９条《じょう》の力《ちから》

2015年4月30日　初　版

著　者　池　辺　晋　一　郎

発行者　田　所　　稔

郵便番号　151-0051　東京都渋谷区千駄ヶ谷 4-25-6

発行所　株式会社　新日本出版社

電話　03（3423）8402（営業）

03（3423）9323（編集）

info@shinnihon-net.co.jp

www.shinnihon-net.co.jp

振替番号　00130-0-13681

印刷・製本　光陽メディア

落丁・乱丁がありましたらおとりかえいたします。

JASRAC 出 1503293-501

ISBN978-4-406-05897-1　C0095　Printed in Japan